長崎・そのときの被爆少女

六五年目の『雅子斃れず』

横手一彦 編著

時事通信社

仮刷版『雅子斃れず』表紙（奥付に刊記なし）

長崎版『雅子斃れず』表紙
（1949年2月婦人タイムズ社発行）

東京版『雅子斃れず』表紙
（1949年8月表現社発行）

長崎版『雅子斃れず』帯文

長崎版『雅子斃れず』ポスター

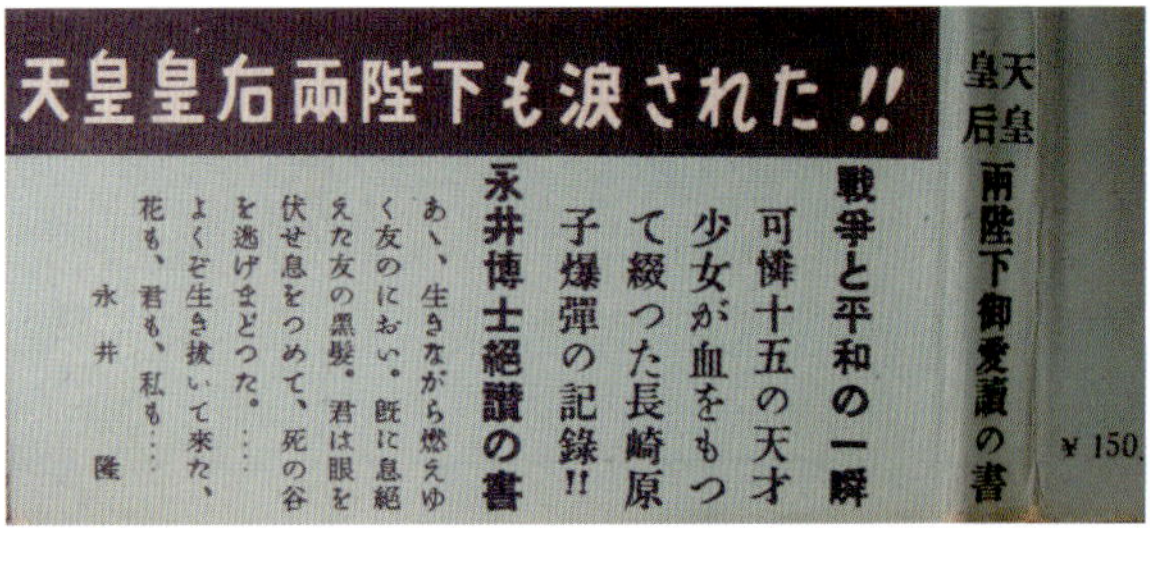

東京版『雅子斃れず』帯文

はじめに

一九四五年八月九日一一時二分、長崎市の浦上地区（松山町一七〇番地）上空五〇〇メートルで、人類史上二個目の原子爆弾が炸裂した。ピカッと、強烈な閃光が四方にきらめき、次の瞬間、爆心地周辺は、三〇〇〇度から四〇〇〇度の熱風炉となり、八方に火災が発生した。

石田（現姓柳川）雅子は、学ぶことを本意とする女学生でありながらも、爆心地近くの三菱長崎兵器製作所大橋工場（現長崎大学文教キャンパス）において、魚雷製造に従事していて被爆した。その後、九州帝国大学医学部澤田内科に入院し、この作品『雅子斃《たお》れず』は、治療に専心する病床の上で書かれた。被爆後、二カ月から四カ月余りの間のことである。この時石田雅子は、この年の四月に県立長崎高等女学校三年生に転校した一四歳の少女であった。同級生に、同じく、上海から転校した作家林京子がいた。

書きためられた被爆体験記は、その都度、東京に住む兄石田穰一のもとに郵送された。兄は、家族や親族の回覧紙であった「石田新聞」に『雅子斃れず』との題名を付し、これらを連載した。

このようにして、長崎（浦上）原爆の被爆体験を、最も早くに記録した手記が書かれたのである。第Ⅱ部に収録した本文は、その後に作品本文が、幾つかの曲折を経て今日にいたっているため、初出紙「石田新聞」版に基づいて復元したものである（一〇二ページ「本文復元にあたり」参照）。この版の本文は、被爆の実相と体験が素直に表現され、また最初の読者が、親兄弟や親族などの近親者であることで、誇張や過大や屈折などが挟み込まれておらず、連合軍最高司令官総司令部（GHQ／SCAP）検閲などによる、ゆがみやねじれのない表現であると考えたからである。そして、ページの下に脚注を加え、被爆前後の出来事を補記した。

一四歳の少女が、突然に突き落とされた現実は、死と生のへりを歩む過酷なものであった。そして、ついに、死のへりを突き抜けて、生の領域にたどりついたのである。よって、紙面上の兄は、雅子、斃れず、とその頑張りに拍手を送った。あの時の極限状況に立ちかえれば、まさに奇跡的な生還であった。このことは、私たちがどのような困難のなかにあっても、作品の雅子がそうであるように、拠って立つ最後の場所は、家族の絆、家族の支え合い、なのだと教える。一四歳の少女が、教科書を閉じ、兵器工場で働き、そして被爆した。このような奇禍を自らの手記にまとめたのである。

この手記は、まじりけがなく、まっすぐであり、そして素朴な文体である。『雅子斃れず』が持つ唯一性は、これらが織りなした被爆体験記であることを根拠とする。

この被爆体験記に限らず、戦時期の苦難を生き、敗戦期のどん底を生き続けた生命の一つひとつが尊いことなのである。あの時から、六五年。一人ひとりが生きた六五年の形があり、そこに私たちがある部分から加わり、そして一つの束のようなものとなって、今日にいたっているのだと感じる。

（横手　一彦）

長崎・そのときの被爆少女——六五年目の『雅子斃れず』／目次

解説と資料

英訳文

装幀＝山田　英春

第I部

原爆投下、そのときの長崎

【関係者の略歴】

石田　雅子〔まさこ〕（柳川　雅子）
一九三一年東京都生まれ。旧制東京女子高等師範附属高等女学校から県立長崎高等女学校・県立長崎女子専門学校英文科卒。五四年故柳川俊一（としかず・判事）と結婚。一男一女。現在東京都文京区に在住。

石田　壽〔ひさし〕
一八九五年福岡市生まれ。東京地裁判事・広田弘毅首相秘書官・司法省会計課長・長崎地裁所長・京都地裁所長・高松高裁長官を歴任。一九六二年六六歳で死去。穰一、雅子、道雄の父。

石田　穰一〔じょういち〕ペンネーム／ゆたかはじめ
一九二八年東京都生まれ。旧制成蹊高校・東大卒。雅子の兄。九三年東京高裁長官を定年後、沖縄に移住。沖縄県初代行政オンブズマン・沖縄キリスト教短大教授を歴任。現在沖縄県那覇市に在住、専ら執筆活動中。著書に「沖縄に電車が走る日」「沖縄・九州鉄道チャンプルー（共著）」など。

石田　道雄〔みちお〕
一九四七年長崎市生まれ。壽の後妻槇との間の長男で、雅子や穰一の弟。現在東京都文京区に在住。

少女時代の石田雅子

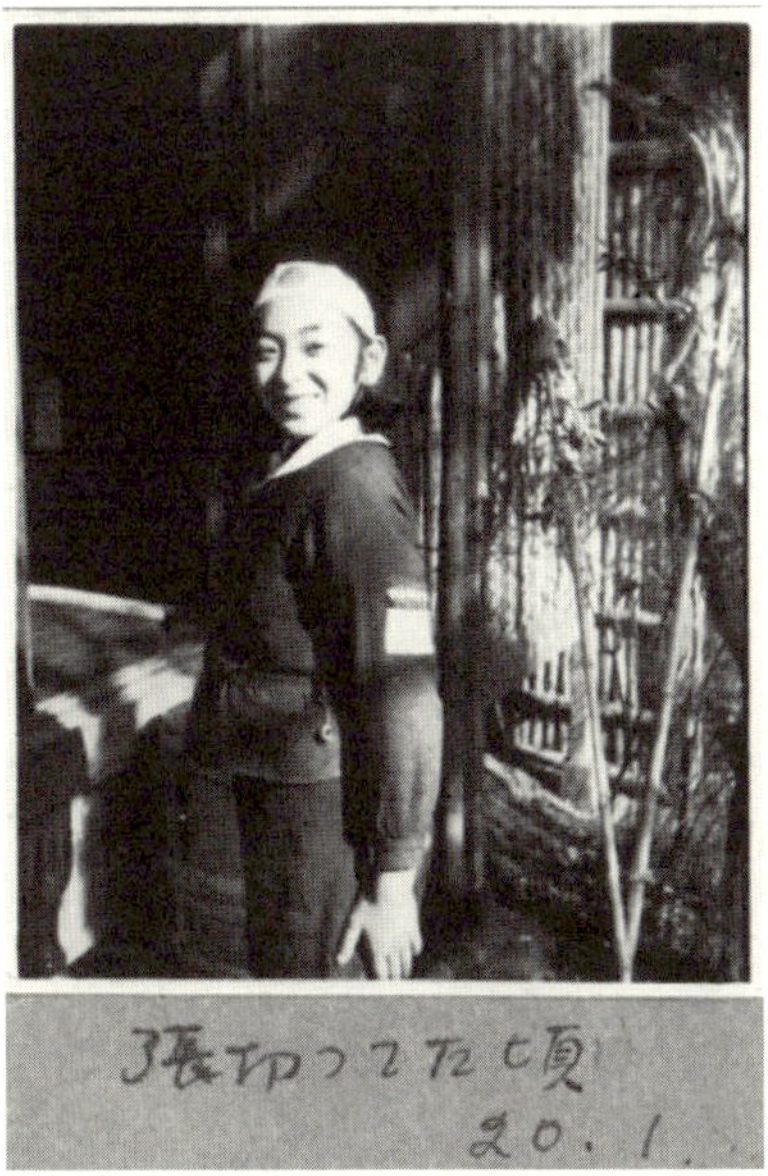

1945年１月学徒動員姿の石田雅子。四谷の電機工場で勤労奉仕。週１日の登校日には国語と数学と英語を２時間ずつ学ぶ

九大病院退院時（1945年10月、右は父・壽）

1945年３月末前夜に故祖父井上哲次郎邸に宿泊し、長崎に旅発つ朝に玄関前で近親者の見送りを受ける（文京区表町、現・児童公園）

県立長崎高等女学校に転校。東京の夜は灯火管制が敷かれていたが、長崎市内では電灯が灯ることに驚く

被爆半年後に父と兄とトンネル壕を訪れる

長崎市松山町の原爆投下中心地標

三菱長崎兵器製作所大橋工場正門
（爆心地から北1300メートル）

1946年１月に兄たちと、同年10月に妹たちと被爆地点を訪れる。三菱兵器第一仕上工場内部

大橋工場は魚雷や防雷用具を製造。雅子はこの鉄骨の隙間にいたことで奇跡的に助かった。写真右下、妹が指をさした筒状のもの（２本）が魚雷の残骸

被爆時に作業していた第一仕上工場内のその場所にたたずむ

母・槙と妹たちと雅子。1942年の第三次拡張工事により敷地内に20棟余りの工場群が立ち並んでいた

兵器工場の廃墟に立つ父・壽と雅子

廃墟と化した浦上天主堂

被爆半年余りを経ても天主堂内は
瓦礫に埋もれていた

瓦礫の中から掘り出された「長崎の鐘」

浦上天主堂内に傷ついた聖像たちが横たわり、周辺には白骨が散在していた。天主堂前の兄と雅子

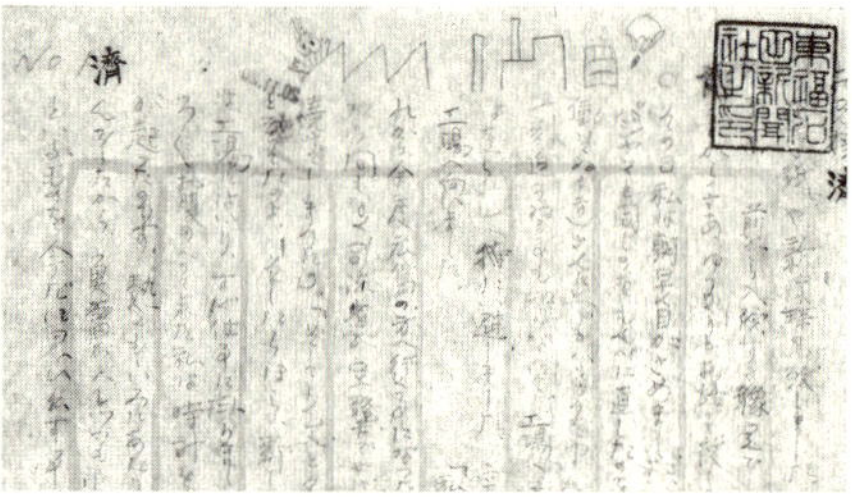

『雅子斃れず』草稿（書簡形式）挿画「三菱兵器工場」
作品の冒頭近く、職場仲間と父の広島転任のことを語り合う

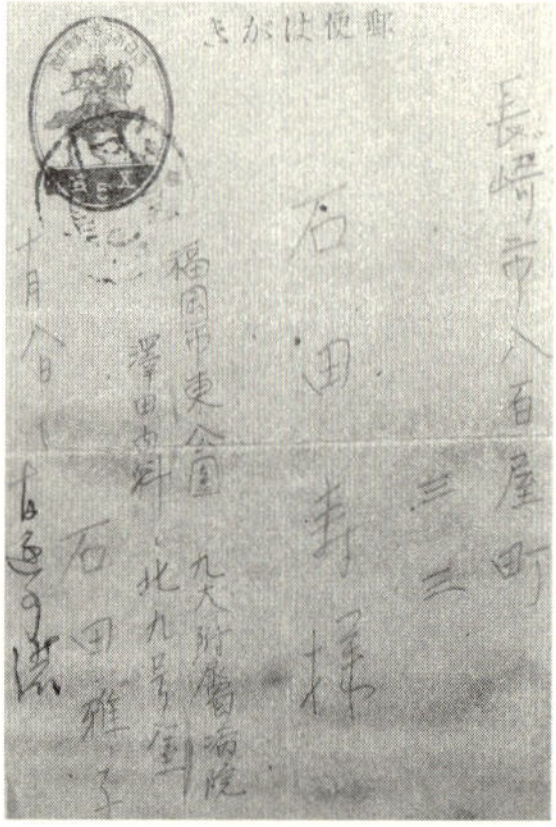

父・壽宛の雅子葉書の表

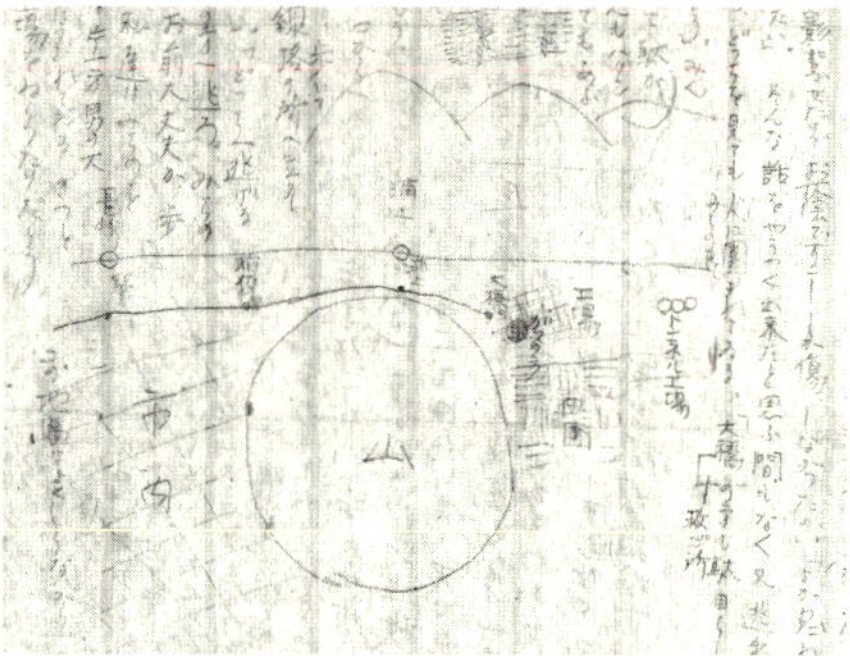

『雅子斃れず』草稿（書簡形式）挿画「長崎市内地図」
被爆後の火災発生のため工場の屋外に逃げる

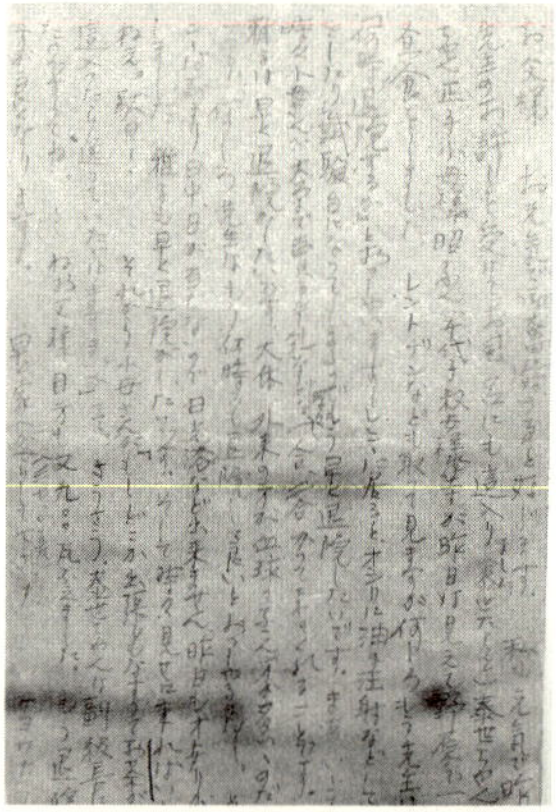

父・壽宛の雅子葉書の裏

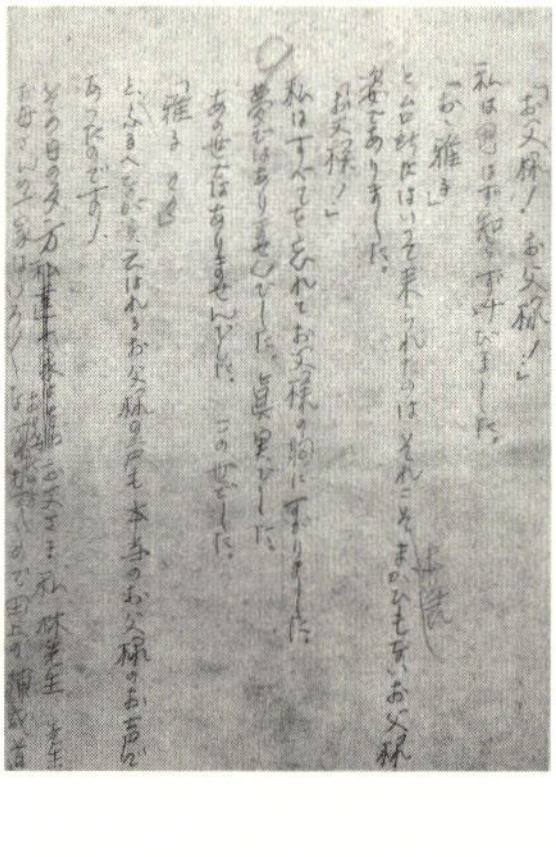

『雅子斃れず』草稿（書簡形式）本文
翌8月10日父との再会を果たす

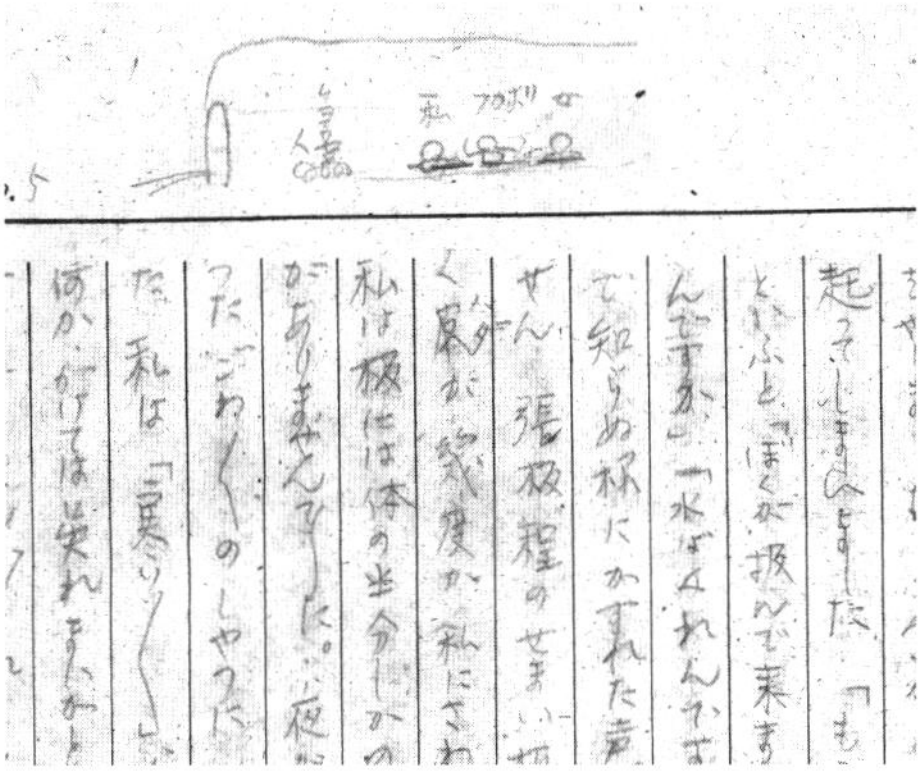

『雅子斃れず』草稿（書簡形式）挿画「トンネル壕」
8月9日の夜、一晩をこの壕のなかで過ごす

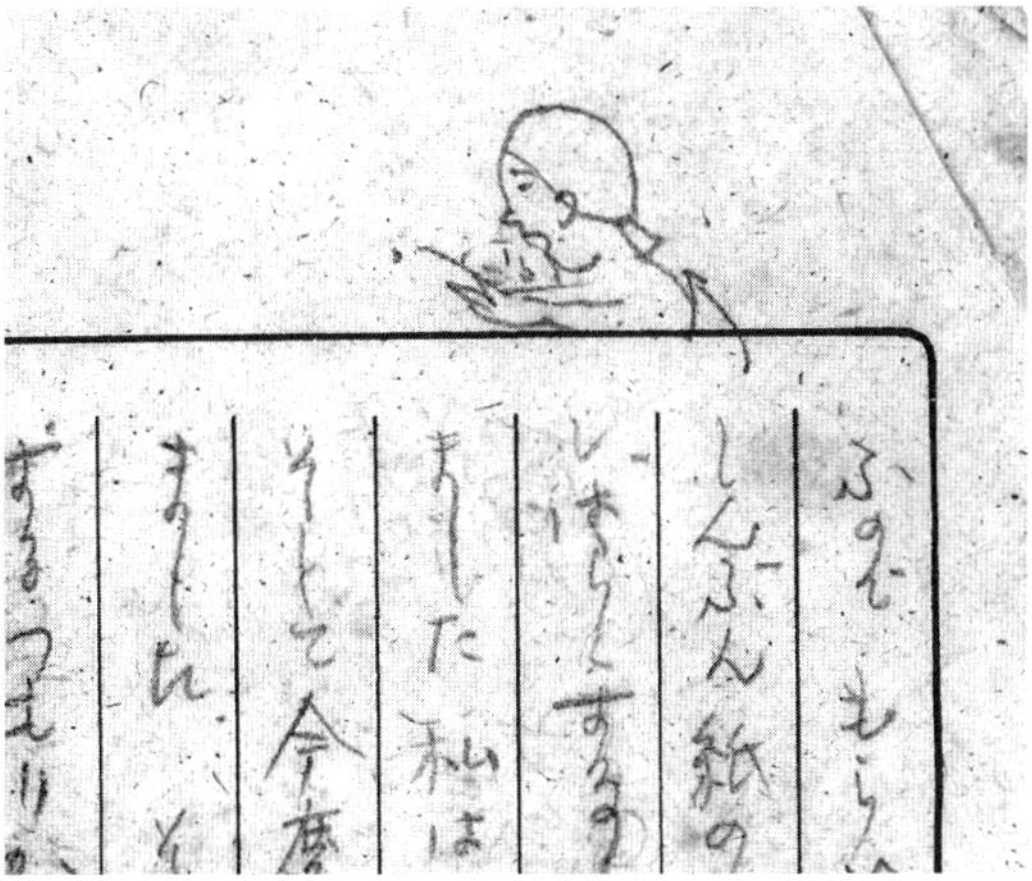

『雅子斃れず』草稿（書簡形式）挿画「配給の麦御飯を食べる」翌8月10日の朝、長崎市内の我が家に向かって歩き出す

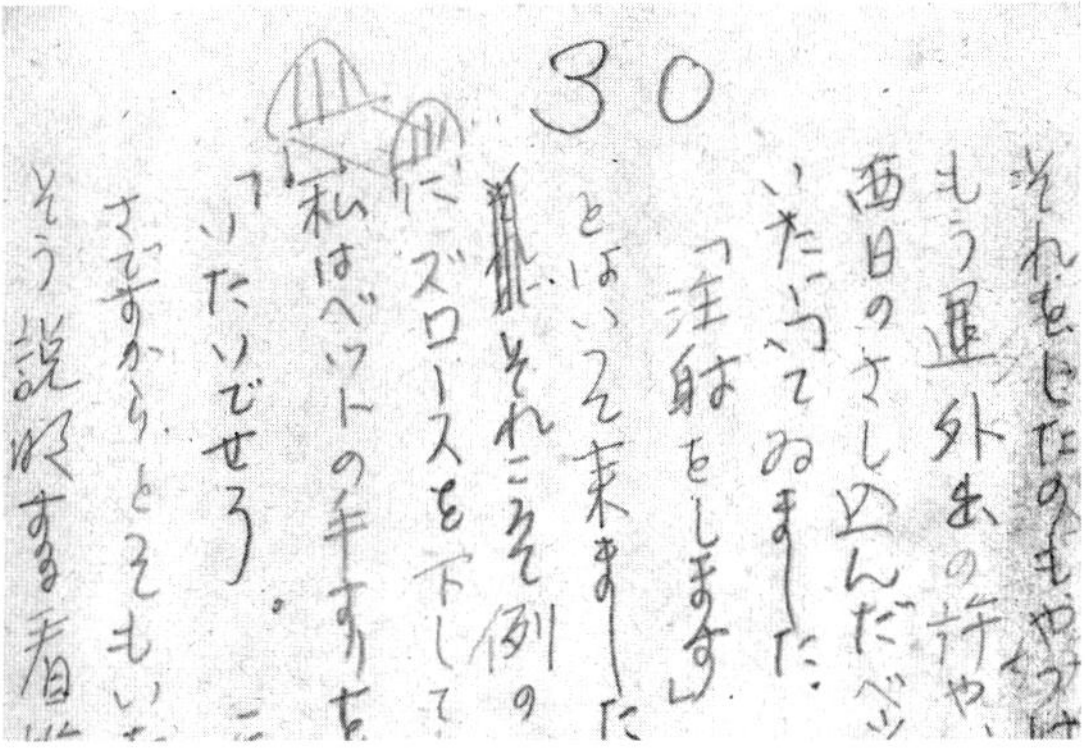

『雅子斃れず』草稿（書簡形式）
挿画「病院のベッド」。九大病院で、
肝臓ホルモンの注射をされる

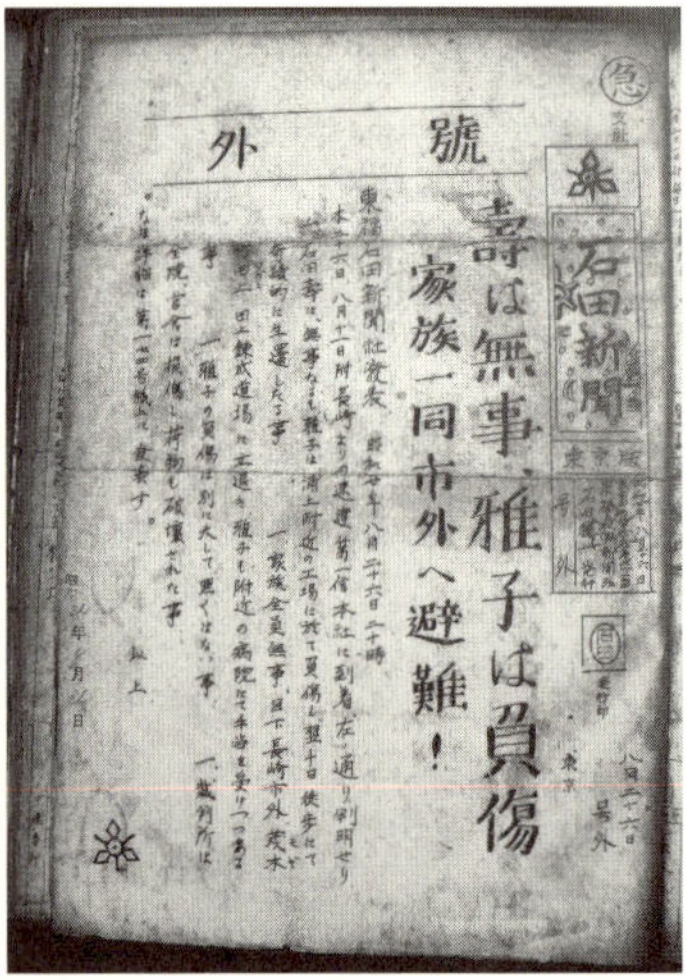
號外

石田新聞

壽は無事、雅子は負傷

家族一同市外へ避難！

長崎の家族の安否を伝える「石田新聞」

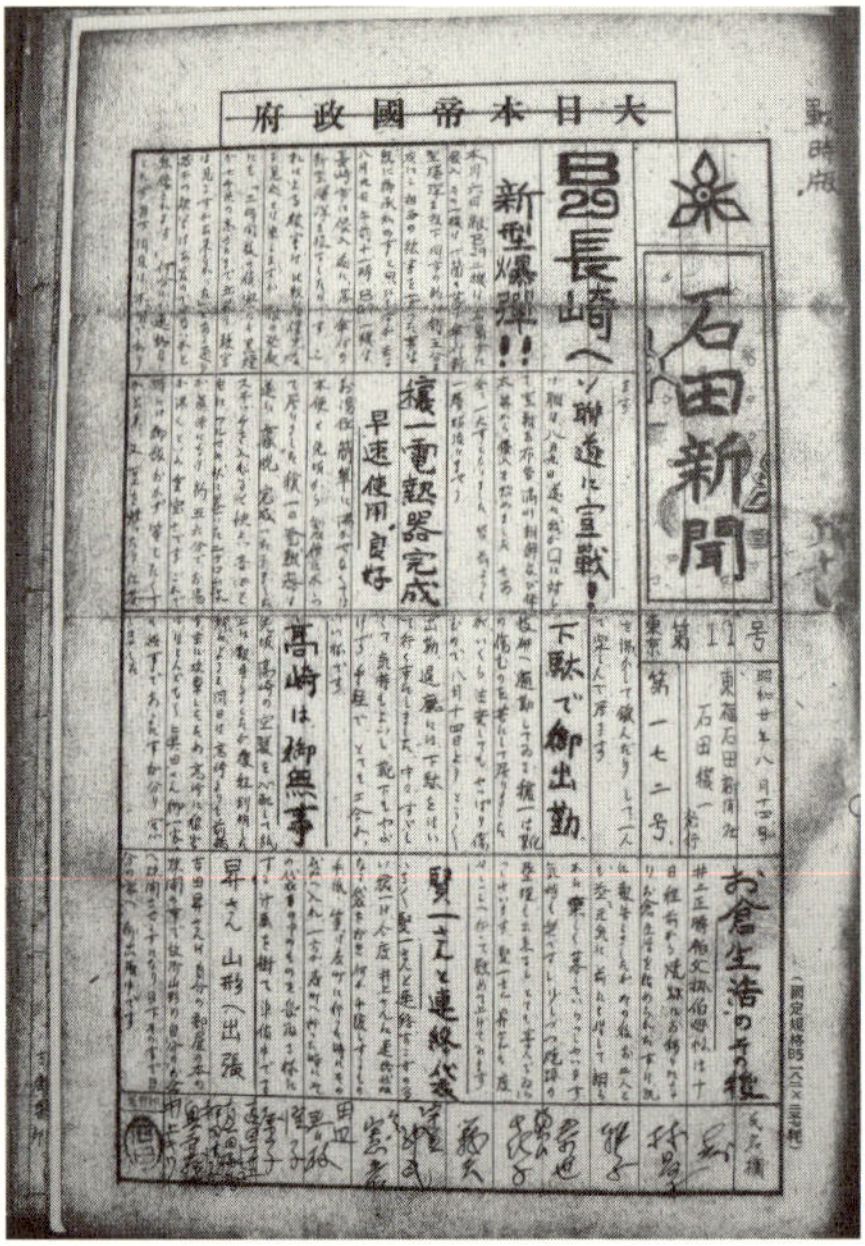
大日本帝國政府

石田新聞

B29長崎へ

新型爆弾!!

ソ聯遂に宣戦！

擴一電話器完成

早速使用、良好

下駄で御出勤

高崎は御無事

第一七二号

お倉生活のその後

賢一さんと連絡

昇さん山形へ出張

長崎への新型爆弾投下を報じる「石田新聞」

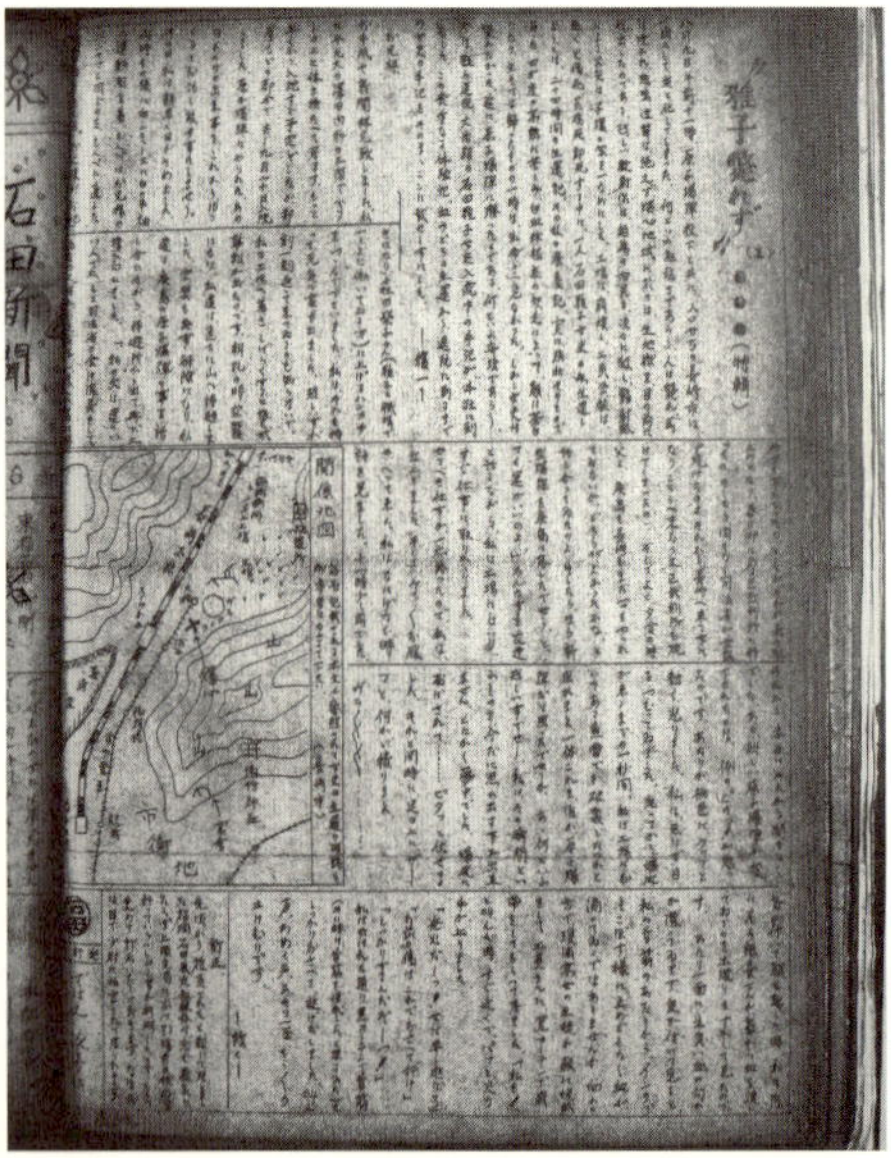
石田新聞

雅子斃れず（1）

関係地図

「石田新聞」に被爆体験記『雅子斃れず』の
連載が始まる（第1回目の紙面）

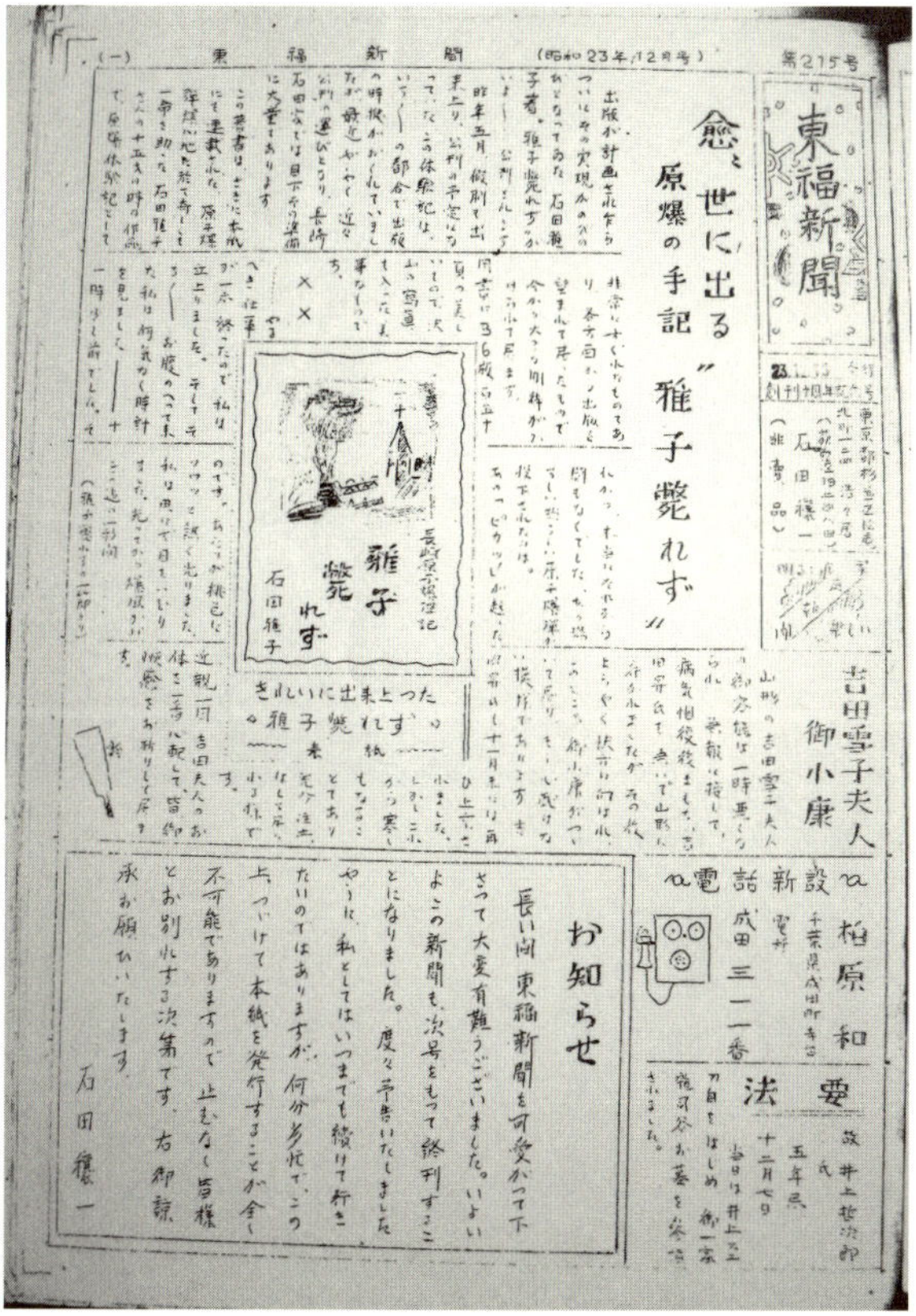

（一）　東福新聞　（昭和23年12月号）　第215号

東福新聞

愈々世に出る
"雅子斃れず"
原爆の手記

電話新設
柏原 和
成田 三一一番

吉田雪子夫人
御小康

法要

お知らせ

長い間東福新聞を可愛がって下さって大変有難うございました。いよいよこの新聞も次号をもって終刊することになりました。度々予告いたしましたやうに、私としてはいつまでも続けて行きたいのではありますが、何分多忙でこう与ついけて本紙を発行することが全く不可能でありますので、止むなく皆様とお別れする次第です。右御諒承お願ひいたします。

石田穣一

出版を予告する「石田新聞」
しかし出版は計画通りにすすまなかった。「東福新聞」は「石田新聞」改題

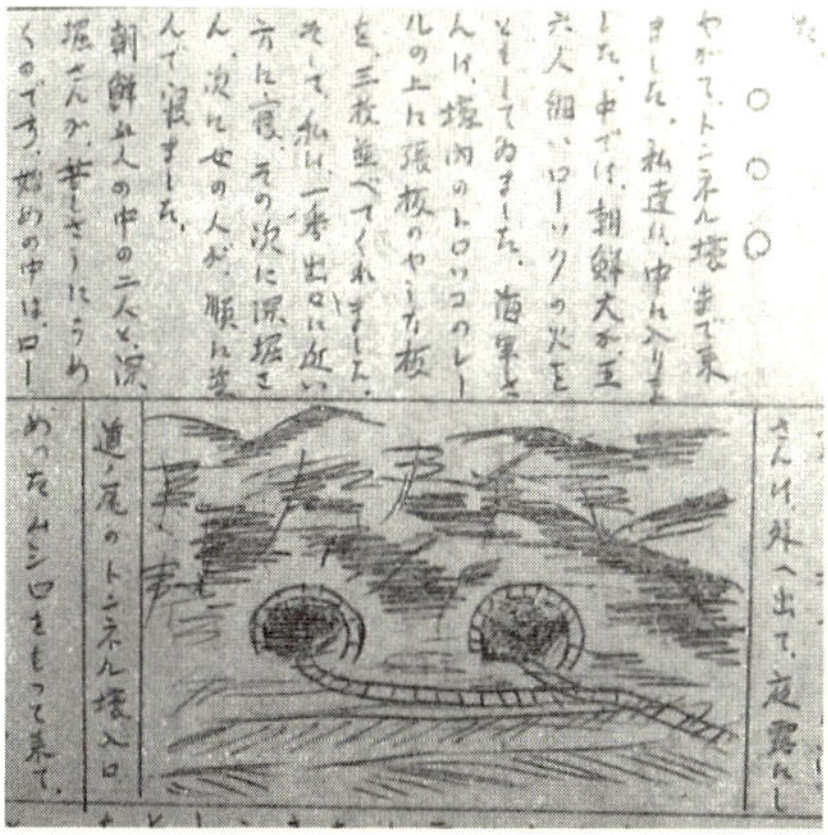

やがてトンネル壕まで来ました。私達は中へ入りました。中では朝鮮人が五、六人細いローソクの火をともしてゐました。海軍さんは、壕内のトロッコのレールの上に張板のやうな板を三枚並べてくれました。そして私は一番出口に近い方に寝、その次に深堀さん、次に女の人が順に並んで寝ました。朝鮮人の人の中の二人と深堀さんが、苦しさうにうめくのです。始めの中はロー

さんは外へ出て、夜露に
めったムシロをもって来て、

トンネル壕を図説する「石田新聞」

プランゲ文庫所蔵の検閲原典表紙
表紙に検閲痕跡がない。
題字は父・壽の筆による

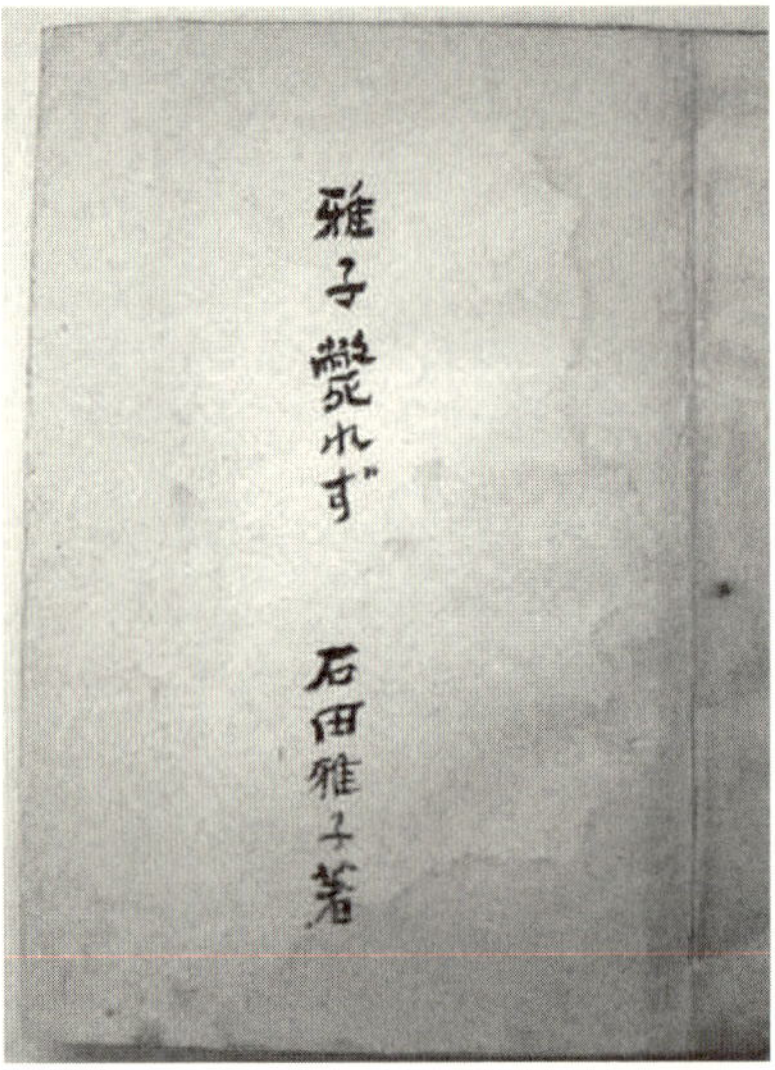

プランゲ文庫所蔵の検閲原典に付された検閲痕跡
検閲員がページに直接書き込み、検閲違反とされる本文を
摘出して英訳し、英文調書が作成される

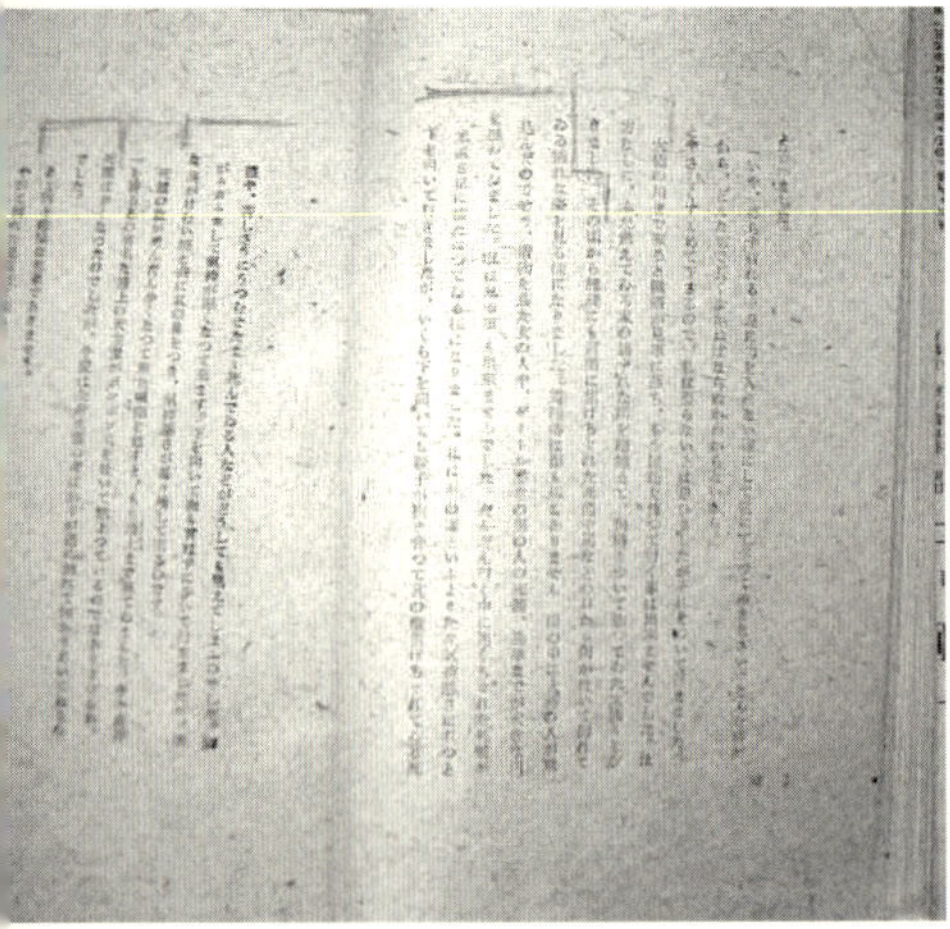

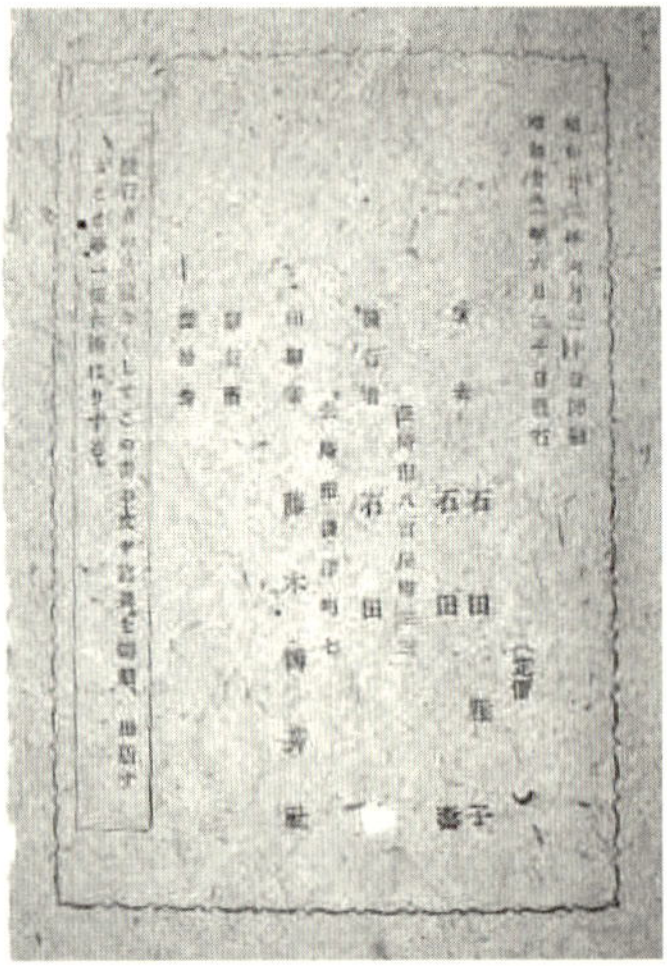

プランゲ文庫所蔵の検閲原典奥付
藤木博英社は藤木喜平が1912年に
長崎市に設立した印刷出版社

プランゲ文庫所蔵の検閲原典表紙
検閲本の受付時に、書籍番号、日付、書名、発行部数、印刷用紙の種類が表紙にメモ書きされる。

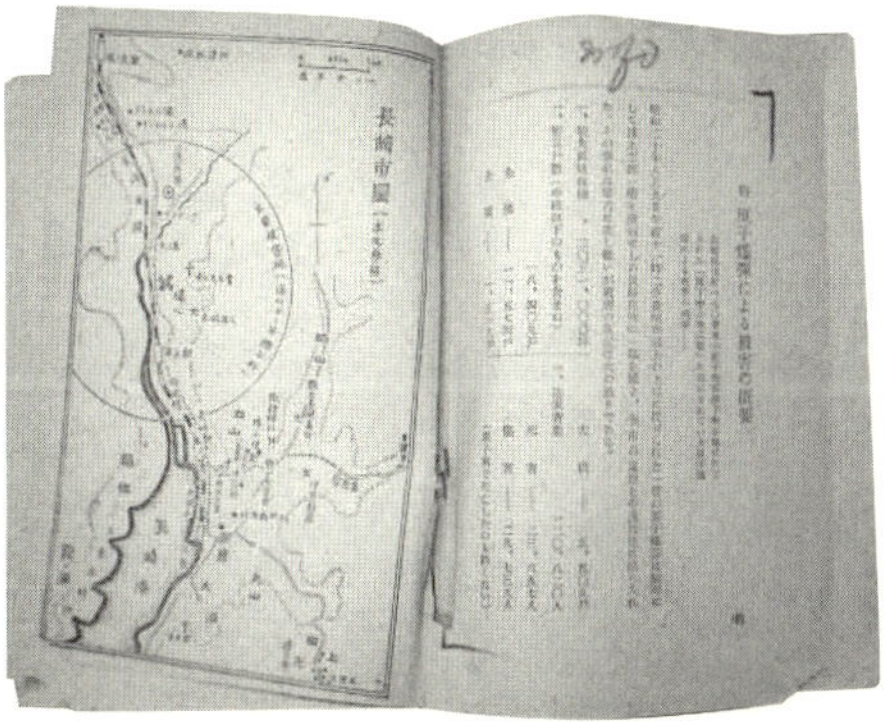

プランゲ文庫所蔵の検閲原典に付された検閲痕跡
検閲は民間の情報を収集する役割もあった。有効な情報は英訳され、各部署に回覧された

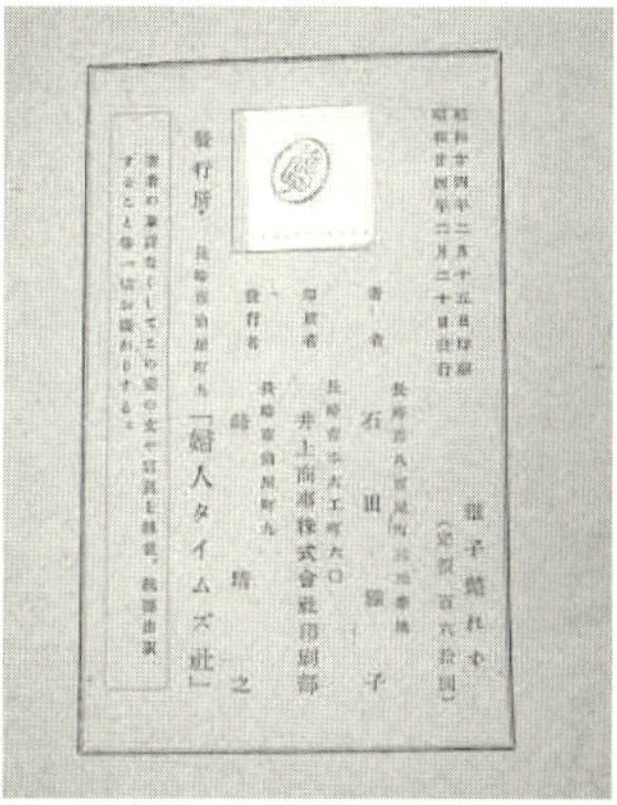

プランゲ文庫所蔵の検閲原典奥付

※　この見開きページの6点の原典資料はメリーランド大学プランゲ文庫所蔵（Gordon W.Prange Collection, University of Maryland Libraries）

福岡検閲局提出文書・作品に対する意見集約名簿
福岡検閲局の発禁処分に対し、父・壽は長崎に住む人々の作品読後感を広く求め、一少女の身辺事情の記録であると主張する根拠とした。資料には長崎県知事、長崎市長、カトリック司教、炊事婦、電気工、工員などの名前が列記されている

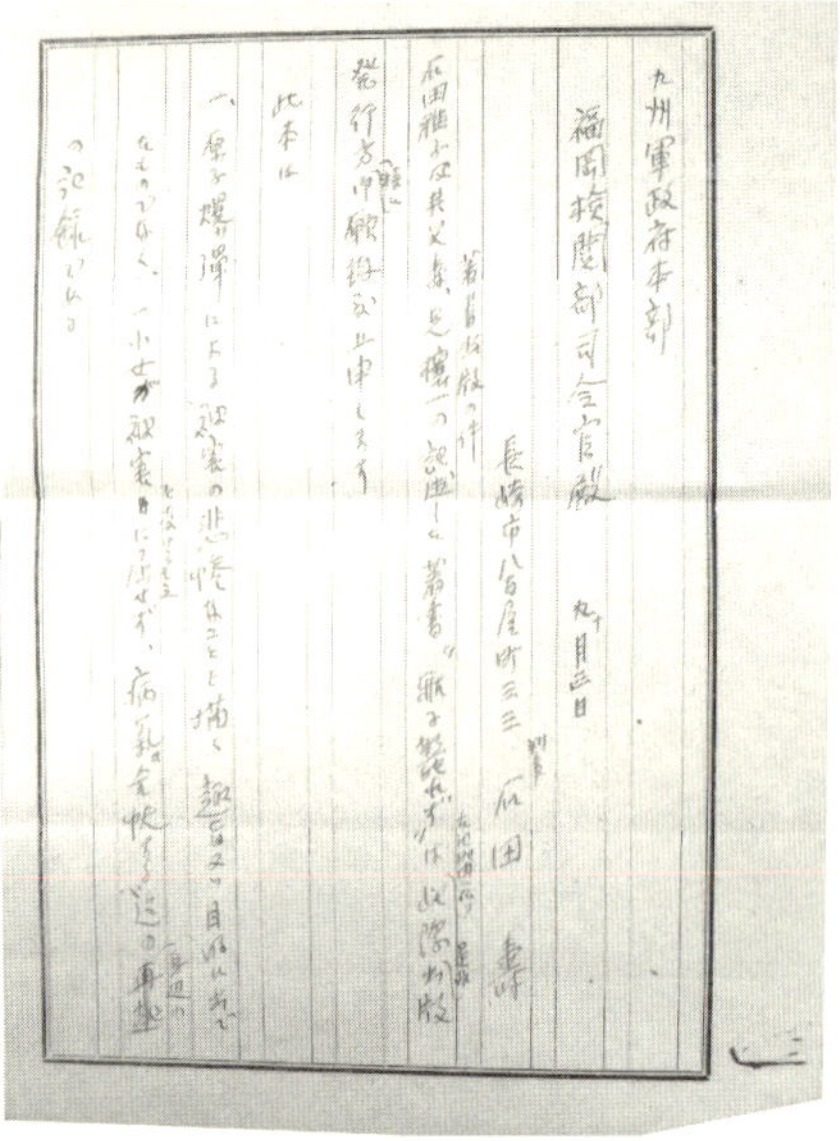
九州軍政府本部
福岡検閲部司令官殿
長崎市八百屋町三三 石田壽

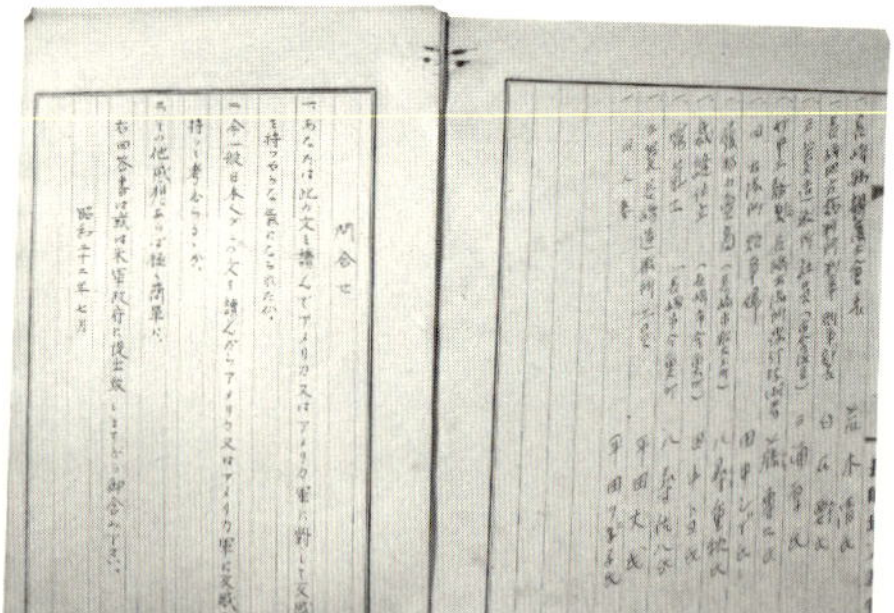

福岡検閲局提出文書・作品に対する意見集約名簿

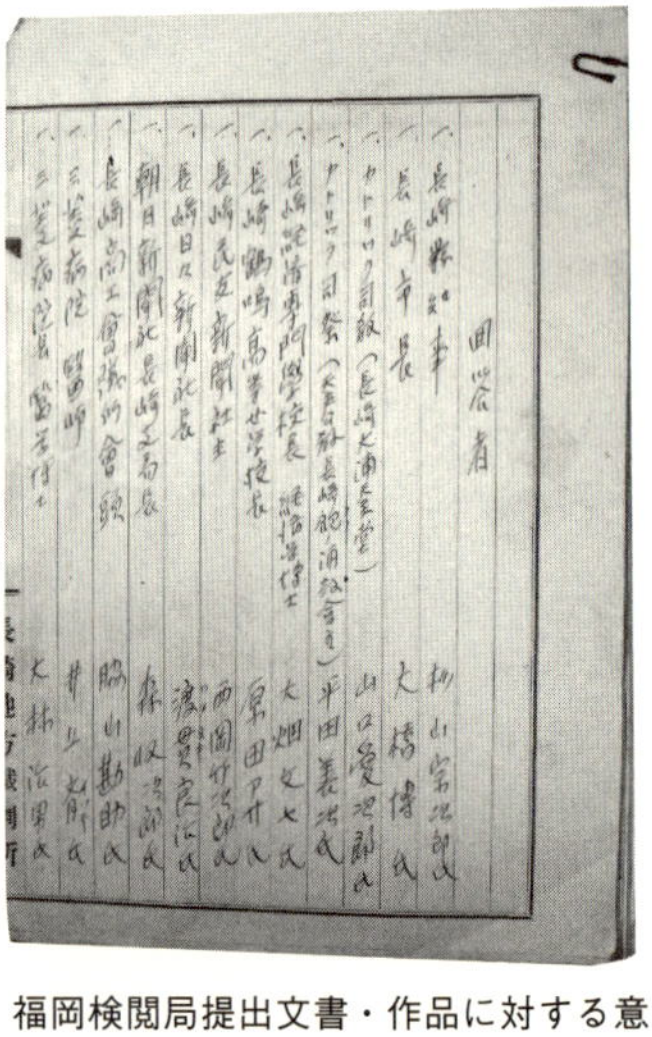
回答者
一、長崎縣知事
一、長崎市長

福岡検閲局提出文書・作品に対する意見集約名簿

よみがえる『雅子斃れず』

ゆたか　はじめ（石田　穰一）

長崎の観光地、美しい港を望む「グラバー園」に、元長崎地方裁判所長官舎の洋館部分が移築、保存されている。戦前は市内の中心部にあったが、昭和二〇年八月九日、原爆の被害を受けたあと修復し、実際に使われていたものだ。原爆の落下当時、長崎地裁所長であった私の父、石田壽《ひさし》は、この建物の中にいて被爆した。

父と共に長崎で暮らしていた一番上の妹雅子は、当時数えで一五の満一四歳、県立長崎高女の三年生であった。その少し前、父の転勤について東京から転校してきたのである。戦時中のこと、学校から勤労動員学徒として市内浦上の三菱長崎兵器製作所に通い、毎日そこで働いていた。母は二年前に亡くなり、下の妹二人は福岡に縁故疎開をしていた。

原爆投下の午前一一時二分、雅子は爆心地にあった兵器工場の中で被爆した。大勢の友だちが一瞬のうちに命を奪われたが、雅子は奇跡的に生き残り、メチャメチャに破壊された工場を脱出した。方向もよく判らぬまま、長崎の中心部とは逆の方面に逃げて、郊外をあちこちさまよい歩く。道ノ尾のトンネル壕で一夜を過ごし、翌日裸足のまま爆心地を通り抜け、父の官舎にようやく辿り着いたのである。

その後雅子は重い原爆症にかかり、福岡で転地療養を続けた末に一命を取りとめた。戦争悲劇としてはささやかなものだが、私たち家族にとっては大きな出来事であった。

当時、旧制高校生であった私は、東京にいてこの事実を知った。雅子は小さいときから作文が好きだったので、貴重な体験を記録に残して欲しいと思った。そのころ私は「石田新聞」という家庭新聞を作り、家族や親戚に回覧していた。鉛筆かカーボン紙による手書きの粗末なものだったが、私は療養中の雅子に手紙を出し「石田新聞に原爆の体験記を書いてくれないか」と頼んでみたのである。

雅子は最初「恐ろしい体験は早く忘れたいし、書くのはいやだ」と言っていたが、家族の記録として残し、親戚の皆さんに知らせるくらいならいいだろう、と納得し、私への手紙という形で文章を送ってくれることになった。

手記は、病床にうつぶせになったまま書かれた。何回かに分けて、質の悪い便せん用紙にギッシリと小さい文字で書いて送ってくれた。私は、これに「雅子斃れず」という題をつけて「石田新聞」の昭和二〇年一一月二〇日付け第一八二号から、翌二一年三月二一日付け第一八九号まで、八回にわたり「特輯《とくしゅう》」記事として、全文を連載したのである。難しい文字の「斃《たお》れず」にしたのは、病魔を克服して立ち上がろうとする雅子の気持ちを、この漢字で表したかったからである。

第一回の冒頭には、こんな前書きをつけている。雅子のことを「女史」とするなど、今となっては恥ずかしいものだが、原文のまま掲げてみよう。

八月九日午前十一時、原子爆弾投下と共に、人口廿万の長崎市は一瞬にして灰と化してしまった。何といふ無残さであらう。人は斃れ、馬は焼かれ、悲鳴泣聲は絶えず、爆心地域に於ては、生地獄を目の前に現出したのである。恐しい放射線は無為の市民を次々に殺し、輻射熱による火災は、半壊の家を一なめにした。工場は崩壊し、工員学徒は悉く火傷死、負傷死、即死する中に、一人石田雅子女史のみ生還しようとは。二十四時間の生還記、その後の療養期。実に悲壮そのものであった。四十度の高熱に苦しみ、白血球極度の缺乏によって、顔は蒼白になり、生きては帰ったものの一時は生命さへ危なかった。しかし女史は斃れなかった。遂に原子爆弾に勝ったのである。何といふ奇蹟であらう。

今は既に退院、大活躍の石田雅子入院中の手記が、本社に到着した。この貴重なる体験記、血みどろの生還から退院に到るまでの女史の手記を、そのまゝここに載せる事にした。

—穣一—

この号の「石田新聞」は、B5判の藁半紙一枚にカーボン紙で書かれている。「雅子斃れず」の第一回は、裏ページ一杯に、長崎市の簡単な関係地図と共に掲載してある。「雅子斃れず」は、その後多くの方々からの声が高まり、家族みんなで話し合い、出版に踏み切ることになる。しかし悲惨な情景描写や「悪魔のような原子爆弾」といった表現が反米感情をあおり、社会の安寧秩序を乱すとして、米軍検閲当局から出版を差し止められてしまった。そのため世に出たのは、昭和二四年三月になってからであった。この検閲問題は、研究者の研究対象となり、NHKスペシャル「あの炎を忘れない」という番組にもなって、平成五年の長崎原爆記念日に全国放送された。

『雅子斃れず』が出版されたあと、永井隆さんが書評を書いてくださっている。昭和二四年三月二五日付けの婦人タイムズから引用しよう。

良書推薦

これは原子爆弾の写真帖である。真相を写した記念帖である。口絵にある数々の写真は、当時のなまなましい有様を、お父さんがカメラを通してフィルムに写したものであり、中の本文は、人類史上の一大事件を、十五歳の少女が肉体を通して経験し、それをそのまま文字に写したものである。そしてこの文章は、カメラのとらえた写真以上に真を写している。文字による写真である。私も同じ体験を文字で現したが、いまこの「雅子斃れず」を読むに及んで、私の書いたのは絵であったと感じた。

長崎の原子爆弾記録は、これで二部世に出た。一つは絵であり、一つは写真である。まだ他の人の体験記が出なければならない。それはあるいは音楽であり、劇であり、化学であり、またいろいろの気分をおびるものであろう。しかし、この「雅子斃れず」ほど真相を写し出すものは恐らく出まい。

著者は曇りひずみも全くない完全な感覚レンズを有っている。この鋭い明るいレンズで写し出された当時の情景は、人々をおののかしめずにおかぬであろう。これが十五歳の少女の書いたものかと思うと驚くほかはない。しかしまた十五歳の純情の少女であったからこそ書いたともいわれるであろう。

この良書の刊行されたことを喜ぶとともに、著者がさらに新しい苦しみを体験して著書をつぎつぎ世に出されることを望むのは、私一人であろうか。


父と雅子は、文中に出てくる方々の、いたわりや励ましに感謝し、所在が判るものならばと探し求めていた。その一人、トンネル壕で一夜を過ごした火傷の深堀少年は、お姉さんが四月三日の出版記念会に顔を出された。数日前たまたま本を読んで、弟の光昭君だと知って駆けつけて下さったのである。「あの日の弟の消息がよく判りました。二日後に弟は死体となって発見されました」と泣き崩れた。

また被爆当日、諫早方面から来た汽車が雅子らを乗せ、爆心地に入り負傷者を助け、再び道ノ尾駅に引き返したとの記述がある。あの惨状の中で、そんな列車が走れたのだろうか。少し気になっていたが、福岡の歴史家、桃坂豊さんが平成一七年七月六日の読売新聞に書いた「原爆負傷者・機転の搬送」という文で、本当に走ったことが裏付けられた。このことは、桃坂さんと私の共著「沖縄・九州鉄道チャンプルー」に紹介してある。

私の家内石田慶子は、小学生のころ東京から熊本天草に疎開中、海の向こうに長崎原爆のきのこ雲を目撃した。その後長崎の活水中学一年に進んだが、母親から『雅子斃れず』を買い与えられて読んだという。私との見合いの席に、旧姓池田慶子と署名のある、ボロボロになったその本を持参してくれた。これが結婚を決める大きなポイントになっている。

『雅子斃れず』の出版が決まった当時、雅子は、昭和二三年一一月一九日付けの朝日新聞のインタビューに答え「兄の願いから病床の走り書きで、はずかしい思いがします。残念なのは、気の毒な先生やお友達のことを書いていなかったことです」と述べている。書いているときには、これが本になるなんて思ってもいなかったからであろう。しかも戦後六五年の歳月を経た後、また横手一彦さんの目に止まり、こんな形でよみがえるなんて、夢にも考えていなかったに違いない。今では、原爆直後雅子に筆を執らせたこと、家族でそれを本にし世に残したことを、よかったと思っている。

私自身も、東京大空襲で我が家を焼かれ、火の粉をかぶって逃げまどった。定年後移住した沖縄では、一般市民を巻き込んだ恐ろしい地上戦の痕跡を数多く見聞している。どう考えても戦争はいけない。「平和」は言葉でなく、もっと重く受け止めたい。

資料提供について

石田　道雄

平成元年、家の建て替えに伴い、倉庫に有った昔の石田家の資料を整理したが、整理しきれない資料を段ボール箱に詰め私が保管することになった。

今回の出版に際し、関係資料について、兄穣一より問い合わせがあった。兄も私も、整理時に、『雅子斃れず』についての資料は全て、本人に返却したつもりでいた。特に姉雅子が自ら執筆した原文の原稿については、本人にも保管の確かな記憶がないことから、破棄されたかも知れないと思っていた。写真好きだった父が、当時爆心地で撮影した写真や、本書に関わる当時の新聞の切り抜き等の資料は、私が保管していたので、これらを準備することにした。山積みされた段ボール箱を調べていく内、幸運にも雅子の自筆原稿をはじめ、本人の日記他、関係書類の入った箱が見つかった。直ぐに姉に持参し、間違いないことを確認して貰った。このような機会がないとおそらく眠ったままの資料となったであろう。

父が撮影した被災地の写真は、平成元年の整理時に母と相談し、写真ネガ一五〇数枚と他被災資料を、長崎原爆資料館に寄贈した。この写真は、奇しくも母が亡くなった平成一六年の一〇月に石田壽写真展として、長崎原爆資料館で公開され、続いて沖縄でも開催された。これらの写真は、被爆五カ月後の昭和二一年一月と同年一〇月に撮影したもので、最初は、姉が福岡での療養生活を終え長崎に帰ってきた直後、姉の話では、行くのが嫌だったが、父が無理に連れて行って撮影したそうである。父としては、とにかくその状況を記録に残しておくべきと考えたものと思う。

今回、一家族のこれらの資料が、横手一彦氏をはじめ関係各位の熱意で再び甦ることになり、資料を保管していた私としても、大変良かったと思っている。ちなみに、後に雅子の継母となる私の母、石田槇も当時、長崎高女で寄宿舎の舎監をしていて被爆し、連日、学徒動員で行方不明になった生徒達を探し回り、多くの教え子を亡くしている。母はあまり被爆の話はしたがらなかったが、爆心地について、「一面、何もない世界、無の世界」と言ったことがあり、強く記憶に残っている。話す言葉さえもない世界だったのだろう。被爆の経験から、「一度死んだ私は、何時死んでも良く、余分に頂いた残りの人生、悔いの無い生活を送る決心をした」と話していた。私は幸いにも戦後生まれで、戦後の混乱期の記憶が頭の片隅にある程度だが、両親が被爆した被爆二世になる。

戦後六五年を経て、時代の流れとともにその悲惨な歴史が少しずつ風化し、平和な世の中が当たり前のようになり、無関心化が進んでいる。多くの犠牲と体験と努力から生まれた平和の有難さを、今一度皆で噛みしめて、将来にわたってどのようにして守って行けばよいか、各人が夫々の立場で何ができるか、何をすべきか、考える時期に来ているのではないだろうか。本書が、特に、これからの若い世代が、平和について考える一助となれば、嬉しい限りである。

第Ⅱ部

六五年目の『雅子斃れず』

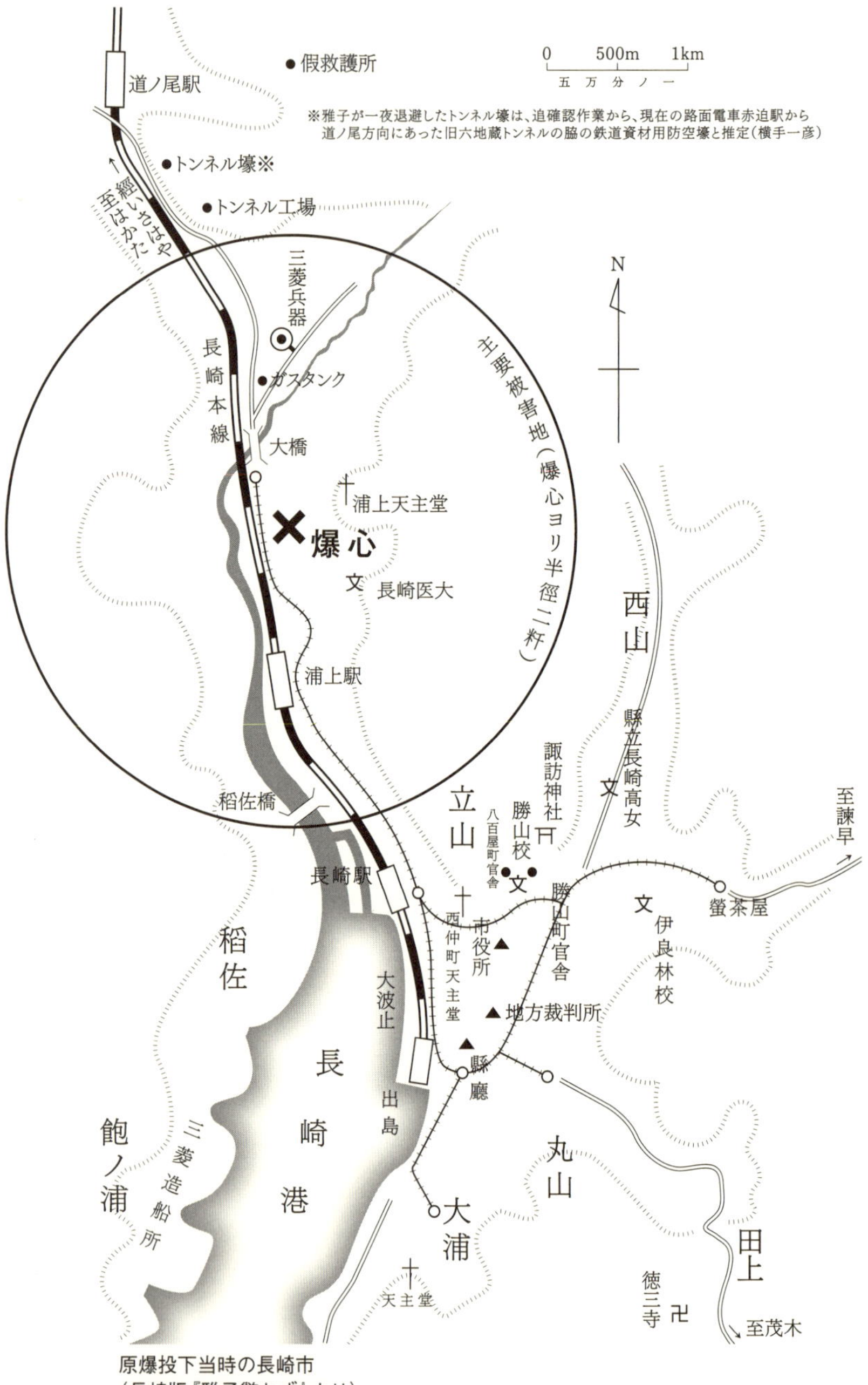

※雅子が一夜退避したトンネル壕は、追確認作業から、現在の路面電車赤迫駅から道ノ尾方向にあった旧六地蔵トンネルの脇の鉄道資材用防空壕と推定（横手一彦）

原爆投下当時の長崎市
（長崎版『雅子斃れず』より）

『雅子斃れず』（「石田新聞」版）(1)

石田雅子

八月九日午前十一時(2)、原子爆弾投下と共に、人口二十万の長崎市(3)は、一瞬にして灰と化してしまった。何という無残さであろう。人は斃れ、馬は焼かれ、悲鳴、泣声は絶えず、爆心地域(4)においては、生地獄が目の前に現出したのである。恐ろしい放射線は、無為の市民を次々に殺し、輻射熱による火災は、半壊の家を一なめにした。工場は崩壊し、工員学徒は悉く火傷死、負傷死、即死する中に、一人石田雅子女史のみ生還しようとは。二十四時間の生還記、その後の療養記、実に悲壮そのものであった。四十度の高熱に苦しみ、白血球極度の欠乏によって、顔は蒼白になり、生きては帰ったものの一時は、生命さえ危なかった。しかし女史は斃れなかった。逆に、原子爆弾に勝ったのである。何という奇蹟であろう。今は既に退院、大活躍の石田雅子女史入院中(5)の手記が、本社に到着した。この貴重なる体験記、血みどろの生還から、退院に到るまでの女史の手記を、そのままここに載せる事にした。

穣一

（1）**石田新聞**　一九三八年六月一四日に小学校五年生の石田穣一が創刊した家庭新聞。正式名称東福石田新聞社、社長石田穣一。四九年一月二五日発行第二一六号終刊。一三〇名の購読者を得ておよそ一一年間継続。五五年八月九日、同社出版活動停止に際し、同紙手作り合冊版製作（現存する唯一の通巻「石田新聞」）。

（2）**八月九日午前十一時**　この日の長崎市内は、典型的な夏型の日。雲量七、南西の風三メートル。

（3）**長崎市**　戦時期の長崎市人口は二四万人余り。これに、市内への勤労動員と市外への疎開による人口の加減があり、実数は不確定。

（4）**爆心地域**　長崎市空襲は一九四五年八月一日の第五次空襲が最後。京都が外れた

一　運命の日

お兄様。お手紙や新聞拝見致しました。私は今九大の[6]澤田内科の三階で、ベッドの上に体を横たえています。もっと早くから入院する予定でしたが、部屋などの都合で去る九月二十日入院しました。原子爆弾にやられた、あの日、あの日の出来事を、これからゆっくりとお話し致す事にしましょう。

　その日私は、朝早く目がさめました。何時ものように白シミーズに白の半袖の運動服を着、もんぺは、お兄様のパジャマと同じものを、もんぺにしたものをはきました。お父様がお起きになり、[7]森田榮子さん（雅子と職場で一緒に働いている方）に上げるハンカチをつつんで下さいました。私は、それを持って元気に家を出

ため、七月二五日長崎が急遽攻撃目標都市となる。原爆は、原爆投下目標地点（長崎市街中心部）を外れ、長崎市郊外の松山町一七〇番地のテニスコート上空五〇〇メートルで炸裂。この瞬間、地上の物質表面温度は三〇〇〇から四〇〇〇度。

(5) **入院中の手記**　一九四五年一一月二〇日発行「石田新聞」第一八二号に『雅子斃れず』連載開始。第八回（完）は四六年三月二一日発行第一八九号。また石田壽「強き父性愛」が第一八九号から連載開始。第六回（完）は四六年八月九日発行第一九四号（原子爆弾一周年記念号）。

ました。恐ろしい事が刻一刻迫って来ているのを知らないで。

私は工場へ着き、しばらくすると警戒警報が出たのです。朝礼の時空襲になり、私達は、直ちに山へ待避しました。空襲も無事解除になり、私達は、広島の原子爆弾の事を話し合いながら、待避所から出て再び工場へ向かいました。

「私の父は運のいい人でね。もと司法省の会計課長をしていたのよ。それから去年一度広島に転任する事になったの。ところが、それが急に取り止めになり、春日町にある区裁判所に移ったの。そしたら、間もなく司法省が空襲で焼けたのよ。それから長崎へ来る事になり、こちらへ来たら、また区裁判所も焼けてしまったの。そしてよく夕食の時、父と『広島も長崎もまだ一つもやられていないが、どちらがよかったかな』、と話し合っていたのよ。そしたら、ほら新型爆弾を広島に落としたでしょう。とっても運

(6) **澤田内科**　九州帝国大学医学部付属病院第三内科。現在は九州大学大学院医学研究院病態制御内科（第三内科）。一九四三年澤田藤一郎教授就任。内分泌、血液、肝臓などが専門分野。八月末澤田教授は長崎市内新興善国民学校特設救護病院で、他機関スタッフと医療救護活動に従事。その後に患者の一部が九大病院に転院。住吉トンネル兵器工場組長森某もその一人。長崎市内での専門的治療は、施設や資材や医療スタッフの不足から困難であった。

(7) **森田榮子**　同じ職場に配置された学友の一人。（雅子は）転校して四カ月余りで友人が少なく、目立つ存在であり、標準語を使い、長崎弁は外国語のように感じられた。

がいいのよ。」

そんな事を友達と話しながら、私は工場に入り、すぐ仕事に取りかかりました。

やるべき仕事が一応終わったので、私は立ち上がりました。そして、そろ〳〵お腹のへって来た私は、何気なく時計を見ました。十一時少し前でした。

それから、本当に、それから間もなくでした。あの恐ろしい原子爆弾が投下(10)されたのは。例の「ピカッ！」(11)が起こったのです。あたりが桃色に(12)、カッと熱く光りました。私は、思わず目をつむっていました。光ってから、爆風が来るまでの一秒間、私は工場においてある魚雷(13)でも破裂したのかと思いました。一体これを、誰が原子爆弾だと思ったでしょうか。ああ何という恐ろしい事でしょう。私は、その瞬間というものを、未だに思い出す事が出来

(8) **警戒警報**　同日七時五〇分に長崎地区空襲警報発令。八時三〇分解除。この時期、毎朝、長崎県大村航空基地を攻撃する敵機が通過し、市民はこれを「定期便」などと呼んだ。再度の警戒警報発令は一一時九分。空襲警報が解除されていたため、長崎市民は防空壕に待避するなどの退避行動をとることがなく、原爆の直撃を受けた。

(9) **新型爆弾**　同年八月八日付「朝日新聞」は、広島市への原爆投下を「新型爆弾」と第一面で伝える。

(10) **投下**　原爆の第二次攻撃は八月一一日の予定であったが、八月八日深夜にソ連軍が満州国の国境を突破し日本軍への攻撃を開始したために九日に繰り上げられたともいわれる。

ません。とにかく夢中でした。爆風に飛ばされて……ピタッと伏せました。それと同時に、足の上に、ザーッと何かが積りました。

　ガラ〜〜　〜〜……

　気が付いて顔を起こした時、私は、前にいた組長さんが、鼻から血を流しているのを土煙をすかして見たのです。

あたり一面に、生臭い血の匂いが漂っています。気が付いて見ると、私の首筋のあたりから、インクでもこぼすように、止めどもなく血が滴っているではありませんか。向こうの方で、瓊浦《けいほ》高(14)女の生徒が、顔に怪我をして、工員さんに、黒カーテンで包帯をしてもらっていました。

「私も！」

　と叫んだ時、すぐ近くでパッと火の手が上がりました。

「発火だーっ！　女は早く逃げろ。」

---

(11) **ピカッ！**　原爆は、長さ三・二メートル、直径一・五メートル、重さ四・五トンの楕円形（通称ファットマン・でぶ）、爆破直後火球温度は三万度以上。原爆炸裂時のエネルギーは、爆風五〇％、熱線三五％、放射能一五％であった。

(12) **桃色**　爆発後の三秒間に発した赤外線。人体に深刻な熱傷を与える。

(13) **魚雷**　三菱長崎兵器製作所大橋工場は航空機搭載用魚雷製造。同茂里町工場は艦艇用魚雷製造。ハワイ真珠湾攻撃の魚雷は、大橋工場生産であり、太平洋戦争における八割の魚雷を生産したといわれる。

「お前の傷は、これでおさえて行け。」

「しっかりするんだぞーっ！」

私は言われた通り、黒カーテンで首筋（その時は首筋を怪我したと思っていた）をしっかり押さえて、逃げだしました。叫ぶ声、わめく声、あたり一面もう〳〵の土煙です。

名も知らぬ瓊浦高女の学徒三名ばかりと、太田さんという女工さん、その他二、三人の女工さん達と一緒に、……私は懸命に逃げ出しました。

が、既に火は、八方から燃え上がり、どこへ逃げてよいやら全く分かりません。とにかく建物の崩れ落ちている下では仕方ないから、早く外へ出たい、早く〳〵と思っても、どうする事も出来ません。薄い板(15)などの上を通ると、バリバリ踏み抜いて、何度落ちたことでしょう。

（14）**瓊浦高女**　一九二五年四月に長崎市桜馬場町に瓊浦女学校が四年制高等女学校として開学し、二八年に瓊浦高等女学校と改称。市内兵器工場に動員された職員一名と生徒五五名が原爆死、二二名重傷。

（15）**薄い板**　家根板や天井板が落下、あるいは工場内の資材が飛散したものか。

泣く声、叫ぶ声、わめく声。油に火がついたのか、轟然《ごうぜん》たる爆裂音。この世の地獄かと思われる程だった。その中を私達は、生も死も忘れて、逃げて行くのでした。

「小父さーん、ここから先どう逃げたらいいですかーっ。」

「よーし、ここから、真っすぐ下の方へ行け、職場は？」

「第一仕上げ、です。」(16)

「よし、早く逃げるんだぞ！」

小父さんに言われた通りに、下の方を真っすぐに進んで行きました。すると、先頭にいた太田さんが、

「みんな、しっかりしてね。出口が、わかったから。」

と、大声で叫んだのでした。私は、もう夢中で、太田さんに続いて行くと、やがて、いつも朝礼をしている運動場へ出た。しかし、もう、どちらを向いても、天までとどくばかりに、立ち上る

(16) 第一仕上　工場内には大型機械場や精密工場などが置かれ、最も大きい建物のうちの一つにこの部門があった。

黒煙と共に、真っ赤に火が燃え上がってます。

「どうしましょう、どっちへ逃げましょう。」

私達は、困った。その時後の方で、

「向こうへ逃げろ、師範の方[17]に早く行け。行かないと、火に取り囲まれるぞーっ。俺は、下敷きになった者を、もう少し助けなければならないからな。早く行けっ。」

と、男の人が叫んだのです。

私達は、一散に走り出しました。しかし、傷の重い者は歩く事も出来ません。私は、軽傷でしたから走れますが、女工さんの中には、歩く勇気さえない気の毒な方もあります。

「私はどうせ、だめなんだから、一人でも多く助かった方がいいから、私をおいて先に逃げて頂戴。」

---

(17) 師範の方　一九四三年四月設置の長崎師範学校。爆心地から北一・八キロメートル地点。男子部校舎が被爆し、兵器工場の夜勤明けで寄宿舎で睡眠中の学生や運動場で軍事教練中の学生など五四人原爆死。

と悲愴にも叫ぶ人もいましたが、そう簡単に一人でも先へ行けるものではないのです。

やがて、道が二つにわかれている所へ出た。私は、太田さんと一緒に、右の方へ歩いて行きました。左右は、もうもうたる火なので、熱くてたまりません。

「アッ、逃道だっ、ここは正門よっ。」

私は、思わず叫びました。

門の石の柱だけが、低く残って立っています。そばには、馬がいて、大暴れにあばれています。火は、すぐそばまで迫って来ています。暴れ馬と、火の間のすきまが、一メートル程しかありません。逃げられるかな、と考えました。もう、そのひまもありませんでした。私は、その恐ろしい関所を飛び出したのでした。

気が付いて見ると、もうその時は、私と太田さんと二人きりになっていました。青々と見える何時もの田圃が、すっかりくすぶって、血の匂いと、何かしら、嫌な匂いがまざってあたりを流れます。山からも畠からも、もちろん工場からも、物凄い煙と火が立ち上っています。私達は、ようやく田圃の中に逃げ込みました[18]。

ほっと息をついて、そっと首筋から手を離しました。もう止血したようです。ひじや、足が、ヒリヒリと痛みます。

「石田さん、大丈夫？　しっかりネ。もうここまで逃げたのだから、大丈夫よ。よかったわね。私、バイス台[19]の影にふせたので、おかげで少ししか、傷をしなかったの。」

「よかったわね。それにしても、私、なんだか、夢みたいだワ。一体、どうしたのか、わからないみたい。」

ようやく、それだけ話をしたと思うまもなく、また、逃げ出さ

---

(18) **逃げ込みました**　周囲の山は焼け、木々は枯れ、家は燃え、地上の建物は凄まじい破壊力によって破壊し尽くされ、朝方の光景から一転していた。被爆後の浦上一帯は原爆の丘となった。

(19) **バイス台**　万力などの固定工具を備えた工作用作業台。

なければなりませんでした。

皆、逃げる方へ〳〵と歩いて行ったのですが、何にしろ、どっちを見ても、[20]火に囲まれているのです。

「[21]大橋の方もやられて駄目らしい。市内にも、ずいぶん落としたらしいぞ。」（その時は、まだ、普通の爆弾だと思っていたから）

「どちらへ逃げましょう。」

皆困っています。

川の中を、ザブ〳〵と渡って向こう岸へ行こうとした時、下駄が片一方流れてしまいました。片足を引きながら岸へ上がると、太田さんも裸足になっていました。

ガラスや、板などが一面に散らばっているので、裸足ではとてもあぶなくて歩く事が出来ません。

---

(20) **火に囲まれている**　浦上一帯の各地で火災が発生した。また爆心地東方二〜三キロメートルの中島川上流域の西山地区などに被爆後二〇〜四〇分後に「黒い雨」が降った。

(21) **大橋**　一九三三年一〇月長崎電気軌道が大橋まで延長され、浦上川に架かる橋の手前に大橋営業所開設、爆心地から五〇〇メートル地点。長崎市街地へ入る交通の要所。浦上川の川面は死体で埋め尽くされた。浦上川に架かる「本大橋」の橋は爆風で折れて川に落ちていた。

何か、履き物が落ちていないかと、ずいぶん探しました。しばらく行くと、わらくずのようなものが落ちていたので、それを足に巻きつけて行きました。しかし、はいてもはいても、すぐ抜けてしまいます。とう〳〵それも捨てて、裸足で歩いて行きました。

田の中にも、畠の中にも、道路にも、全身火傷の者や、傷の重い者が、沢山ブッ倒れています。もう死んでしまっている者もあれば、息づかいの苦しそうな者もいます。口から、白いアワを吐きながら、苦しそうに、

「みずー（水）、みずー。」

と叫んでいる人もいます。歩いている人は、軽傷者だけなのです。

さあ、どこへ逃げようかと、鉄道線路の所へ立って考えている時、後ろで、

(22) 三菱兵器製作所　一九一七年三月唯一の民間魚雷製作所として発足。戦時期に生産能力を拡大させ、四二年に六万坪の土地を買収し、大橋新工場建設。月産約八〇本。約二〇カ所に分散した工場を合わせ、学徒報国隊などを含め、従業員数は一万七〇〇〇人余り。原爆死二〇〇〇人余り。海軍特攻機搭載用爆弾も製造していたといわれる。

(23) 道ノ尾　長崎市葉山一丁目と長与町高田郷にまたがる長崎本線道ノ尾駅。爆心地から三・四キロメートル。

「おい、どこか？　兵器か？」

「ハイ兵器（三菱兵器製作所）[22]です。」

「どっちへ逃げるのか。」

「今わからないで、困っている所です。」

「そうか、道ノ尾[23]の方へ逃げろ。道ノ尾のトンネル工場[24]は残っている。救護所[25]も出来ている。お前大丈夫か、歩けるか？」

と、私の方を向いて、男の人が言いました。私達は、道ノ尾の方に向かって歩き出しました。

「おい、裸足じゃ危ない。下駄を貸してやるぞ。」

私は片一方、男の下駄を有りがたく貸していただいて、引きずりながら歩きました。

直ぐ近くのガスタンク[26]が、見事に潰れています。きっと、ガス

---

(24) **トンネル工場**　海軍の秘密工場である三菱兵器住吉トンネル工場。親工場である大橋工場から北一キロメートル地点。幅四・五メートルで長さ三〇〇メートルのトンネルが一〇メートル間隔で六本並び、内部通路で結ばれ、工作機械八〇〇台近くが搬入された完全な地下工場。被爆後、大橋工場などから被災者が殺到し避難所となった。道ノ尾のトンネル工場は住吉のトンネル工場。赤迫トンネル魚雷工場とも呼ばれた。爆心地から二・三キロメートル。

(25) **救護所**　被災地に臨時の仮救護所が設置された。その後、長崎市内に一六カ所設置された。トンネル工場の山手側に仮救護所。また、佐世保海軍病院諫早分院、諫早中学校、小野国民学校など諫早市内一四カ所に、被災者四〇〇〇人を収容。

タンクねらって落として、そのタンクの爆発する力を利用して、工場を狙ったのだろう、と私は考えました。アメリカの奴、利巧だ、と思いながら、兵器工場の横を道ノ尾の方に歩いて行きました。兵器工場の所は、すっかりめちゃ〳〵になって、ボン〳〵燃え上がっています。すっかり潰れているので、何処が逃げ出した所かわかりません。

「畜生。兵器は、影も形もないじゃないか。」

という男の人の声が、終わるか終わらないうちに、

「ドカーン。」(工場の中の何かが発烈したらしい)

という大きな音がしました。

「危ないぞ、こりゃあ、時限爆弾でも使ったか。早く、早く走って逃げよう。」

私達は、一目走《ママ》に走りました。もう大分走った頃、また、

(26) ガスタンク　西部瓦斯長崎支店大橋工場。容量二万トンの巨大なガスタンクが押し潰された状態。タンク内にガスがほとんどなく、ガス爆発を起こさなかった。爆心地から八〇〇メートル。周囲には人の死体が散乱し、馬の死体も転がっていた。爆風によって亀裂を生じ、その数時間後に火柱をあげて倒壊。金比羅山の山道を逃げていた林京子は、この火柱を目撃し、太陽が落ちたようであった、と後日に語る。

「ドカーン。」

と鳴った。

私は、だん〳〵と足が疲れて来ました。物も言わず足早に歩くと、やがて道ノ尾のトンネル工場の所まで来ました。ところがどうした事か、トンネル工場から、人がドン〳〵出て来ます。よく話を聞くと、

「この後、大爆撃があるから、すぐ山(27)へ避難するのだ。」

というような事らしいのです。そこで、私達も一緒に走りました。息が苦しい。足が重い。だん〳〵と疲れを感じ、胸のあたりが苦しくなって来ます。目の前が、かすんで来ました。太田さんは、ずっと前の方を走っている。さっきの男の人も、何処へ行ったかわかりません。

その時〝敵機(28)襲来〟と、またも聞こえました。私達は、直ぐ近

(27) **山へ避難する**　浦上貯水池のある丘陵地帯。

(28) **敵機**　爆撃をせずに原爆投下地域上空から偵察飛行。

くのトンネル壕に入りました。

側の人が、

「あなたは、向こうの診療所[29]へ行きなさい。」

「早く応急手当をしてもらいなさい。」

と言うので、敵の偵察が終わってから、とう〳〵一人になって歩き出しました。

手当所に来ますと、軽傷者だけが（重傷者は動けないので燃えている側などに倒ている）、草の上に布団を一枚敷いて、枕を並べて寝ていました。みんなウ、ウ、ウ、ウ、とうなっています。私も、布団の上に寝ていました[30]。

ああ天は私を助け給いしか！　私が、赤チンとオキシフル[31]で、各所の傷口を手当てしてもらうと、まもなく一滴の赤チンも、一塗のオキシフルもなくなって、負傷者たちは、何のため此処へ来

(29) **向こうの診療所**　白い着衣が敵機の攻撃目標になりやすいとの判断から、暗に防空壕からの退去を求められたものか。同日午後、トンネル工場の裏山で派遣医師による応急手当てが行われる。

(30) **寝ていました**　この時点において長崎県や西部軍管司令部などは被害の現状を正確に把握できず、この日の夕方および夜、被害状況が打電された。

(31) **赤チンとオキシフル**　赤チンはマーキュロクロムの水溶液。皮膚傷の殺菌消毒剤。オキシフル（Oxyfull）は、過酸化水素を三％に希釈した医療用消毒剤。

たのかわからない、というような有様になってしまいました。本当に、本当に、お母様が、お守り下さったのです。

まもなく、また、敵機来襲の声がしました。また、草かげに避難しました。頭が、だん〳〵痛くなって来るような気がします。日当たりは、傷にいけないというので、今度は木陰になる土道の上に寝ました。敵機は、幾度か上空を過ぎ、その度に、今までの苦しかった事を思いかえすのでした。

だん〳〵と日が落ちて来ます。次第に、私の心も暗く、そして心細くなって来るのです。側にいる平さん(32)が、「神風」の団扇で、静かに私達をあおいでくれました。

「今、三時半頃。」

と平さんの声。ああ何時になったら、優しいお父様に会える事か、私は深く〳〵なやまされるのでした。

(32)平さん　平春義。トンネル工場長か。二カ月後に原爆症で死亡。

やがて何処から入った情報か、勝山町(33)は無事である、という事を聞きました。

平さんは、私に向かって、

「大丈夫、あなたのお父さんやお母さんは、きっと無事でいるよ。心配しちゃいけないよ。眠っちゃいけないよ。傷は大した事はない、安心しろよ。」

とまるで、お兄様の様に、やさしく慰めて下さるのでした。私が、

「私の母(34)はおりません。」

と言うと、平さんは、一層声を和らげて、

「そうか。それじゃあ、お父さん一人で、どんなに御心配していられるだろうね。よし、僕がきっと、あなたのお父さんに無事である事を知らせて上げよう。」

と言われるのでした。あたりが、だん〳〵薄暗くなってきた頃、

---

(33) **勝山町**　長崎市勝山町。江戸時代は代官屋敷などが立ち並び、明治以降は国家機関赴任者や三菱高級社員の住宅地。

(34) **母**　一九四三年一一月母高子死。

「こんな所で、治療してもらえるのを待ってたって、何時の事やらわからない。[35]諫早の陸軍病院へ行こう。」

という事になりました。

「立てるか、歩けるか。」

私は、フラ〳〵するのを、じっとこらえて立ち上がり、女の方にすがって、そろり〳〵と歩き出しました（その時下駄はなかった）。道にはガラスが一ぱいで、普通でしたら、靴をはいていても、恐ろしいようなところを、裸足で行きました。その時、既に右足に、何か踏み抜いたらしく、ズキン〳〵と痛んでいました。道ノ尾の駅に向かう途中、また爆音が聞こえ、私は大きな木の陰に身を隠しました。

やがて、道ノ尾の駅に着くと、ホームにレールが沢山積んである上に、裸体《はだか》で全身火傷の小さな男の子がふるえていました。平

（35）**諫早の陸軍病院**　佐世保海軍病院諫早分院を誤認か。通称は「諫早の海軍病院」。

さんは、その子も助けて上げました。

「これから、どうするのですか。」

と私が聞くと、平さんは、

「諫早の方から、汽車が来るから、それに乗って大橋まで行き、大橋で重傷者を乗せて、また道ノ尾まで帰って来て、それから諫早に行く。」

ということでした。やがて、汽車が来ました。軽傷者だけ残して、重傷者は全部乗りました。小さな男の子は、深堀(36)さんといって、家は飽《あく》ノ浦(37)といいました。


汽車の中で、みんなが、盛んに吐いているのです。同じような音を立てながら、そして苦しそうに、水みたいなものばかりハクのです。汽車が走り出した(38)頃、私も気持ちが悪くなって、腹からぐっ〱と上げて来ました。私は、ハクと思って、窓から首を出

---

(36) **深堀さん**　長崎商業高等学校生徒深堀光昭。その後、救援列車で諫早市に搬送され長田国民学校に収容されるが死亡。

(37) **飽ノ浦**　長崎市飽ノ浦町。三菱重工業発祥の長崎造船所の所在地。長崎市は、現在の県庁のなだらかな丘陵地を中心に、大浦や飽ノ浦の船泊り場の集落から山地へ発展。

(38) **汽車が走り出す**　当時の長崎本線は旧線であり、長崎から浦上、そして道ノ尾から諫早と通じていた。この日、早岐・鳥栖発午前一一時一〇分長崎駅到着予定の三一一列車八両編成（一説に一二両編成）が途中駅長与駅に一五分遅れで到着。このため被災をまぬがれ、急遽第一号救援列車となった。道ノ尾駅で乗客を降ろし、機関車を後部に付け替え、爆心地近くの照円寺下まで慎重に進み（爆心地北

していましたが、出ませんでした。

大橋[39]まで来ると、私達の工場は勿論の事、山の中や市内の方まで、黒煙を上げて燃えていました。大橋で、平さんは、一人の海[40]軍さんを連れて来て、

「この人に、何でもしてもらいなさい。僕は、これから君たちの家のお父さんやお母さんに、君たちが無事である事を知らせて来るからね、あなたは、勝山の裁判所[41]の官舎だったね。」

と私の方を向いて、言われました。

二　雅子斃れず

もうあたりは、暗闇になり、燃え上がる焔だけが恐ろしく真っ赤に立ち上っていました。大橋では、わずかの兵隊と巡査が、重

一・四キロメートルで道ノ尾駅から二・二キロメートル地点)、負傷者を乗せて道ノ尾駅に引き返し、諫早市へと搬送。真宗大谷派照円寺（当時の地名西郷）は、兵器工場や爆心地をのぞむ小高い場所にあり、石造りの門柱だけを残し、佐世保海軍陸上警備隊兵舎も置かれていたが、すべてが倒壊。第一号救援列車が行く手を阻まれて停車すると、何回も汽笛を鳴らし、被爆者が這うように集まってきた。四回の往復により、主に大橋以北の被災地の負傷者三五〇〇人を搬送。ラジオ・ドキュメンタリー「原子野発臨時列車」（一九七一年一一月六日NBC長崎放送）が放送されるまで、『雅子斃れず』が救援列車の活動を最も早く記録した文献であった。第一号救援列車は一四時前に、第四号救援列車は二二時過ぎに浦上地区を離れたとされるため、雅子は第三号救援列車に乗車か。

傷者を汽車に乗せ始めました。

草の上では、泣き叫び、苦しむ人々が、汽車に乗せてもらうのを待っているのでした。もうその時は、可哀想と思う心も、気の毒、と思う心も、すっかり忘れているようでした。やがて汽車は、暗い中を走り出し、また道ノ尾の停車場にかえって来ました。その時海軍さんが、

「今から諫早へ行っても、もう治療はしてくれないから、トンネル壕へ行って寝よう。」

と言ったので、道ノ尾で、私達は降りました。

汽車から降り、一歩一歩ゆっくりと歩きました。右足の裏が、ヅキ〳〵と痛みます。私は、海軍さんにもたれて、足を引きずって歩きました。深堀さんが、苦しそうな声を出しながら、

[42]「水ー、水ー。」

（39）**大橋まで来ると**　停車地点は現在の長崎市西町鷹ノ巣踏切付近（通称西町踏切）。『雅子斃れず』は道ノ尾駅と爆心地近くの停車地点を往復したまれなケース。当時、大橋以北の線路沿いに人家や工場がほとんどなく、このため鉄路は比較的に安全な避難路となり、被災者は線路沿いに道ノ尾方向へ逃げた。

（40）**海軍さん**　三菱長崎兵器製作所に、佐世保海軍陸上警備隊第二六大隊駐屯。鉄砲の先に着剣し、白いゲートルに軍靴を履いて完全武装。トンネル内は真っ暗闇で何も見えず、長崎弁などの言葉も分からず、もう一度爆撃があるとの噂におびえた。

と言うのです。海軍さんは、深堀さんに水を飲ませてやりました。もう一人の女の人も水を飲みましたが、私は、じっと我慢しました。両側の草の上では、人々が、夜露に濡れながら、寝ているのでした。

やがて、トンネル壕まで来ました。私達は、中に入りました。中では、朝鮮人(43)が五、六人、細いローソクの火をともしていました。海軍さんは、壕内のトロッコのレールの上に張板のような板を、三枚並べてくれました。そして、私は一番出口に近い方に寝、その次に深堀さん、次に女の人が、順に並んで寝ました。

朝鮮人の中の二人と、深堀さんが、苦しさにうめくのです。始めのうちは、ローソクの光で少しは良かったのですが、また爆音が聞こえて来たので、ローソクも消してしまいました。私の頭の

(41) **裁判所の官舎**　長崎市勝山町の旧長崎地方裁判所長官舎。父石田壽は、原爆当日に長崎市八百屋町の旧長崎会所跡に建てられていた旧長崎控訴院長官舎に引っ越しをする。この八百屋町新官舎で被爆。この官舎の洋館部分は、戦後に、現在のグラバー園に移築保存。

(42) **水**　体が焼け、喉が渇き、被爆者は水を求めた。

(43) **朝鮮人**　この時期、長崎市内には朝鮮半島や中国大陸出身者が三万人近く住んでいたといわれる。その多くは、捕虜や徴用工として強制連行された人たちで、付近に朝鮮人労働者の飯場があった。また住吉トンネル工場の裏手の公園近くに朝鮮人集落があった。

辺に、地下から出る水が、ポツン〳〵と落ちて来るので、冷たくてなりませんでした。深堀さんは、寒い〳〵と言って困るので、海軍さんは、自分の着ている上着を脱いで、深堀さんに着せました。今度は、海軍さんが、裸体《はだか》になったので、暗闇で、クッシャン〳〵とくしゃみを始めました。

深堀さんは、それでも寒い寒いと言いました。海軍さんは、外へ出て、夜露にしめったムシロを持って来て、かけてやりました。深堀さんは、それでも寒い寒い、と言いました。海軍さんは、朝鮮人から薄い小さな座ブトンを借りて、板の上に敷き、その上に深堀さんを寝かしました。深堀さんは、それでも寒い寒いと言って泣いていたのです。

夜の十時頃でしたでしょうか。海軍さんは、私達に、固パン(44)を

---

(44) 固パン　堅パンのことか。軍隊の携帯用保存食糧。

一つずつ持って来てくれました。私は、それをいただきましたが、おいしい等とは勿論思えず、むしろ気持ちが悪くなったような気がしました。深堀さんは、

「水ー、水ー。」

としきりにせがみます。朝鮮のおばあさんが、少しばかりしかない水を恵んでやりました。飲んでしまうと、また寝ましたが、また五分も立たぬうちにまた、

「水ー、水ー。」

と叫ぶのです。おばあさんは、また水を深堀さんにやりました。こんな事を何べんも繰り返しているうちに、おばあさんはとう〳〵怒ってしまいました。そして、

「もう水はないよ。」

と、どなりつけました。

「汲んで来なきゃないよ。」

と言うと、

「ぼくが汲んで来ます。水バ、呉《く》レンですか。」

と泣きながら言うのです。

「水バ、呉レンですか。」

「水バ、呉レンですか。」

「水バ、呉レンですか。」

と、自分で言っている言葉を自分で知らぬように、かすれた声をありたけ出して言うのです。おばあさんは、返事もしません。

張板のようにせまい板の上ですから、苦しそうにのたくれまわる深堀さんの火傷のべとつく肌が、幾度か私にさわるのです。いくら同胞といえども、やはり気持ちが悪く、私は、板には体半分しか乗せられず、後は空中に浮かしておくより他に途がありませんでした。夜がふけるにつれ、私の体も冷たくなって来るのでした。血で染まったゴワ〳〵のシャツに半袖の上衣。我慢しようと思っても、どうしてもふるえて来るのでした。私は、寒い、寒い、と小声で叫び続けました。もし、だれかこの声を聞いたら、何か掛けて呉れはしまいかと思って、……。けれど何度叫んでも、掛けてくれる人などありませんでした。そして何度も、入り口の方が、明るくなっていないか見ました。けれども、いくら待っても、夜は明けませんでした。そのうち、急に深堀さんは、夢にうなされたような声で、

「○○さーん（弟さんか何かの名前らしい）行こう、一緒に行こう。」

と叫び出したのでした。その声は、冥途の入口としか思えませんでした。言う度に、声がだん〳〵細くなり、呼吸が小さくなっ

て行くようでした。

お父様のお顔を思い浮かべました。亡きお母様をも思い出しました。お兄様や、妹たちの姿を見ました。(45)康子ちゃんや大隅さん達の声が聞こえたようでした。やがて疲れが出たのか、私も、いつの間にか、ぐっすりと夢路を辿っているのでした。

真夜中、ハッと目が覚めた時、地響きがしていました。海軍さんの声が、耳元で響きました。

「今この山の裏へ爆弾を落としたぞ、畜生！」

その声もうすら〳〵に私は、また眠ってしまいました。

「姉さん〳〵、早く病院に行こう。」

夢の中から呼ばれた深堀さんの声に目を覚ますと、あたりはもう、明るくなっていました。深堀さんは、

---

(45) **康子ちゃんや大隅さん** 小学校時代の友人大隅。東京都文京区小石川表町近くに住む従妹康子。この頃は岡山県に疎開していた。

「姉さん、早く諫早に行こう。」

　と言いました。

「ええ、行きましょうネ。」

　私も立ち上がりました。海軍さんは、裸の深堀さんに、セメントを入れる紙の袋を着せてやりました。私は、穴から、外へ出ました。外は、気持ちの悪い程、暖かく感じました。朝鮮人のおじいさんが、私に御飯をすすめました。私は、あまり食べたくもありませんでしたが、

「今食べて、元気をつけておかないと、何時食べられるか、分からない。」

　と言うので、もらいました。けれども勿論、おかずはなし。麦のポロ〳〵の御飯(46)を新聞紙の小さいのに入れ、箸もなく、口にもっていっていただきました。

(46) **御飯**　八月九日から長崎市内では罹災者への救援食配給。また近隣市町村では炊き出しが行われた。

しばらくすると、そのおじいさんを知った人らしい県庁に勤めているとかいう人が来ました。私は、何もする事がなかったので、話しておられるのを、側で聞[47]いていました。その方は、私に向かって、お家のあり場所や、これからどうするつもりか、などと尋ねました。そして、

「あなたのお家は、助かっているから、諫早に行くよりも、一刻でも早く、家に帰って、親を安心させる方がよい。」

と言われました。そして、

「私が、稲佐橋[48]まで帰るから、一緒に帰ろう。」

とおっしゃいました。私は、どっちにしてよいか、一寸迷いましたが、結局一緒に帰ることに決めました。その方は、

「そうだ。県庁[49]や裁判所は、全焼したが、あなたの所は大丈夫だ。早く帰った方がいいだろう。」

---

(47) **聞いていました**　八月一〇日付「長崎新聞」第一面は「ソ連軍遂に不法越境・攻撃開始」「長崎市に新型爆弾／被害は僅少の見込」と伝える。また八月一二日付「長崎新聞」第一面は、「残虐・例を見ず／新型爆弾の害悪・毒ガスを凌駕／帝国・米国に厳重抗議」と広島原爆に対する政府の対応を伝える。

(48) **稲佐橋**　浦上川河口七〇〇メートル上流にあり、長崎市内中心部と三菱重工業長崎造船所（戦艦武蔵建造）などの工場地帯を結ぶアーチ形鉄橋が一九二七年に完成。橋長七二メートル、幅一二メートル。爆心地から一・九キロメートル。

(49) **県庁**　東京駅をデザインした辰野金吾設計のルネッサンス様式煉瓦造り庁舎。戦時中は、黒く斑の迷彩色が施された。

と立ち上がりながら言われた時、私は思わず、

「裁判所も！」

と叫びました。

「大丈夫か、帰れるかな。」

親のように親切な言葉に、私は、傷の痛さも忘れて、

「大丈夫です、きっと帰ります。」

と答えずにはいられませんでした。そして、片足を引きながら、元気よく、歩き出しました。しかし、何と言っても、裸足では、痛くて、とても家まで歩いて帰る事は出来ません。けれども、私は、裁判所全焼の責任感と共に、ひそかに涙をのんで私の消息を心配しているお父様の姿を思い浮べると、ガラスや板などの粉の上を裸足で歩いて行くのを、ジット我慢(50)しました。

「何クソ、これ位の事で泣き出してどうするか。」

(50) **我慢しました**　原爆は大量無差別の破壊殺傷をもたらした。また家族の全滅、あるいは近親者の死による多くの家族崩壊をもたらし、原爆は家族も破壊した。

私は、奥歯をかみしめながら、それでも、そろり〳〵と歩き出しました。

「おお、裸足じゃないか。」

男の方が、びっくりしておっしゃいました。

「危いな、待てよ。」

と一間ばかり左に捨ててあった、前鼻緒の切れた汚い片方の草履を取り上げ、草ですげて下さいました。それをつっかけて、また歩いて行きました。鉄道線路の所に出ると、まだ工場が、ボンボン火を吹いて燃えているのが見えました。後から来る人も、前を行く人も、すれ違って行く人も、みんな血まみれ、泥まみれの人ばかりでありました。私も、その中の一人であったのです。頭の髪といえば、ボーボーの上、灰で白くなり、洗濯して間もない純白な運動服や、シミーズは勿論、くすぶった水色に銀色ボタンのモンペまでが、ドス黒い血で染まり、手からも足からも、無数に血が滲み出ているのでありました。

　歩いて行く中に、また敵機来襲の爆音が聞こえ、一度目は枝の繁った木と木の間に、二度目は、側の草ボコの蔭に、この惨めな姿を隠したのでした。だん〳〵と兵器[51]に近づいて行くと、線路の両側に倒れている死体や、全身火傷で水ぶくれした裸の工員たちが、多くなって来るのでした。

「助けてくれ、〜〜。」

と、うなっている人々もありました。

「水ー、水ー。」

　と、うめいている人もありました。兵器は、まだ盛んに燃え続

(51) **兵器**　三菱長崎兵器製作所大橋工場。

けていました。

「疲れるから、杖をついて行きなさい。」

男の方は、そう言って、落ちていた棒を私に下さいました。が、私は、

「いいえ、杖など要りません。杖なくても歩けます。」

と、答えました。

「いいや、必ず疲れる。足に力を入れないようにして、杖にすがって歩きなさい。こんな時だから、またどんな事で長く歩くかわからない。」

と、やさしくすすめて下さるので、私は要らないとは思いましたが、それをついて行きました。

大橋の川(52)まで来ると、鉄橋が見事に落ち、もう線路を伝って行

(52) 大橋の川　コンクリートの橋床が川底に落下。被爆後、大橋で救援物資が分配され、家族の消息を尋ねる紙が貼られた。爆心地から七〇〇メートル。

く事は出来ませんでした。仕方なしに、まだ燃え続けている家の崩れた所を踏み越えて、何時も歩いて通勤していた大通りを歩きました。その頃から、無残にも真っ黒に焦げちぢれた死体や、馬などの口から、何か吐いて、倒れている哀れな姿を見るようになりました。電線など、影も形もありません。

川の中に、大勢の人が飛び込んだのでしょう。着物を着た女の人や、ゲートルばきの男の死体、馬車までが、大きな川を埋めていました。私は、見るのも気の毒でした。だん〳〵行くうちに、黒くちぢれた死体が、一メートルおき位に、あるようになりました。私は、気の毒と思う事も忘れ、ただ気持ち悪さに、じっと下を向いて行きましたが、いくら下を向いても、親と子供らしいのが抱き合って焦げている死体や、苦しそうにうつむいている死体などが、見えてしまうのでした。胸がムカ〳〵して、気持ち悪くなって来ました。下を向いて、物も言わずに、歩いて行きましたが、嫌な匂いがけむい煙と共に、私の鼻をうち、気持ち悪さが、ます〱増して来るのです。

死体がだん〱少なくなって来た頃、顔を起こすと、もう浦上《うらかみ》(53)まで来ていました。今、浦上の天主堂(54)が、ボン〱火を吐いて燃えているのです。死体は、少なくなって来ましたが、今度は全身火傷の者ばかりが、道に斃れて、何かうめいているのでした。

ああ、何と悲愴ではありませんか。

やがて、倒れた電信柱に、電線を見かけるようになって来ると、もうこの恩を受けた男の方と、お別れしなければなりませんでした。稲佐橋に来たのです。けれどもその方は、そこでただ、

「サヨナラ。」

---

(53) **浦上**　長崎本線浦上駅舎は全焼し駅構内に多数の男女の死体があり、馬の死体が周囲に散乱していた。七〇名の駅職員のうち六五名死亡。爆心地から一キロメートル。

(54) **浦上の天主堂**　浦上の丘に立つ赤煉瓦造りの東洋一を誇った旧浦上天主堂。浦上地区は江戸時代に潜伏キリシタンの里であり、四〇〇年信仰を守り続ける。戦時中は軍部が接収し、米や缶詰などの食料倉庫。火は三日間燃え続けた。天主堂下の石垣は二〇〇年以上の歴史をもち、爆風によってかなりそり返る。爆心地から五〇〇メートル。

と別れてしまうような方ではありませんでした。先ず別れる前に、今まで何度でも、拾ってかえた片方の草履を、そこでもう一度、替緒を針金ですげて、履き替えさせて下さいました。そして、もう先の方が、いい加減に焦げた杖は捨てて、また強そうな棒を渡して下さいました。それだけではありません。側を通りかかる人を呼び止めて、

「長崎駅(55)の方へ行くか。」

と尋ねて下さいました。始めのうちは誰も、

「行かない。」

と答えました。けれども、何人か聞いて行くうちに、一人の男の人が、

「丸山(56)の方へ行く。」

と言ったので、駅まで連れて行っていただく事にしました。

---

(55) **長崎駅**　一九一二年に完成したコテージ風木造二階建て駅庁舎。爆心地から南東二・五キロメートル地点に位置し、被災し類焼。

(56) **丸山**　長崎市丸山町。江戸時代からの花街。爆心地から四・一キロメートル。長崎市街地は、標高三〇〇メートル程の丘陵によって、浦上川流域と中島川流域に大きく分かれる。原爆投下は浦上川流域であり、丸山町や勝山町は中島川流域である。この地域差によって被爆の被害などは大きく異なる。

私は親切な男の方に、よく〱御礼を言うと、丸山の方へ行く方と一緒に、ガラスの粉の散らばった上を、我が家へと向かいました。が、私も、もう大分疲れて、一歩一歩あるく度に、足が重くなって、踏み抜いた右足が、ヅク〱と痛みを増して来るのでした。けれども、私は我慢しました。

やがて骨ばかりになった長崎駅の前まで来ると、今度こそ、一人で行かねばならなくなりました。丸山へ行く方にも別れを告げると、(57)灰の降って来るダラ〱坂を進んで行きました。ああ、この時杖がなかったら、私は、我が家へ帰る事が出来なかったかもしれません。私の体は、すっかり疲れ切って、ただ杖のみにすがって、この坂道をのぼって行くのでした。

何時も青い大空は、火事の煙でどんよりとしていました。道の

---

(57) **灰の降って来る**　火災発生による白い灰に強度の放射性物質が含まれていた。

(58) **勝山国民学校**　一八七三年勝山町に第一番小学向明学校が開放したことにはじまる市内で最も伝統のある小学校。鉄筋コンクリート三階建L字形校舎。佐多稲子の母校。戦時期には校舎に迷彩が施され、県庁焼失後は県庁の一部が移転して利用されて、低学年は屋上で授業を受けた。現在は学校統廃合により跡地に桜町小学校が設置される。爆心地から二・九キロメートル。

両側のわずか残った家は、どれもこれも、ガラスや瓦のないゆがんだ家でした。そして、私の姿も、何時もとちがったみにくい姿だったでしょう。

勝山国民学校(58)が見えます。もう、すぐです。けれども、私の疲れ切った重い足は、夢の中で悪者に追いかけられた時のように、早めようとしても、早める事は出来ませんでした。

勝山町の官舎に帰ってきました。

すっかりメチャ〳〵になった官舎(59)に、誰も居ない事がわかると、私はガッカリしてしまいました。しかし、最後の力をふりしぼって、私は八百屋町(60)の官舎へと足をひきずりました。

我が家の門です。門、門、まがいもない我が家の門です。何か白墨で字が書いてあります。まがいもないお父様の字です。

(59) **メチャメチャになった（勝山町の）官舎**　爆心地から二～四キロメートルの木造の家屋は柱の軸組は残存しても、瓦、壁、天井、床などの多くが破壊される爆風被害を受けた。

(60) **八百屋町**　長崎市八百屋町。江戸時代に八百屋が多いことに由来する町名。八月九日、長崎市勝山町二二番地から元控訴院長官官舎の同市八百屋町三三番地に転居作業中に父壽が被爆。戦時期末に長崎控訴院は移転して福岡控訴院となり、一九四五年八月一五日に開庁。同日夕方、風向きが変わり、官舎への類焼をまぬがれる。通常、動員先の大橋工場からの徒歩の所要時間は一時間半の道のり。

「雅子、無事、火がおさまったら裁判所焼跡(61)に来い　十日」

それを読むのも束の間、私は、林(62)先生の姿をはっきりと見ました。

「先生！」

「あっ、お姉様！」

二人の声が、ブツかると同時に、私は、思わず、ワッと泣き出してしまいました。私は、

「泣いてもいい、泣いてもいい。」

と心に思いました。そして、先生と抱き合ったまま、そして泣きながら、不ぞろいの草履をはいたままで、一面ガラスの積もった家の中に入りました。家に入るなり、

「お父様は？　お父様は？　どこ？　どこ？　どこにいらっしゃ

(61) **裁判所焼跡**　県庁火災の風下にあたり、一時間で全焼。旧市街は、昼過ぎに各所から自然発火による火災が発生し、八メートルの現場風を伴い延焼し、翌朝に鎮火。官公署一〇カ所、学校一七カ所、病院六カ所など旧市街の多くの重要建築物が全焼した。

(62) **林先生**　林昌子。次女三女の家庭教師。

るの？」

と私は、傷の痛みも忘れて尋ねたのでした。

「大丈夫、お父様はお元気よ。お役所にいらっしゃるけど、すぐ帰っていらっしゃるワヨ。」

林先生も、頬を伝って落ちる涙を押さえながら、私を台所に連れて行き、入口の所に座ぶとんを敷いて、私を掛けさせて下さいました。その上に掛けると、急に今までの疲れが出て、がっかりしたのか、胸が気持ち悪くなって、今にも吐きそうになりました。そして、その気持ち悪さをこらえながら、林先生に洋服を着替えさせていただきました。そして、オキシフルと赤チンで、丁寧に傷の手当てをし、包帯でグル〳〵巻いていただきました。手当てをすると安心して、正気にかえったのか、手足の擦り傷が、非常にひどく痛み出しました。けれども、一番大きな頭の傷は、一つ

(63)も痛みませんでした。
その時外に、お父様の声。

「お父様！　お父様！」

私は、思わず知らず、叫びました。

「おお雅子！」

と台所に入って来られたのは、それこそ、本当にまがいもない、お父様の姿でありました。

「お父様！」

私は、すべてを忘れて、お父様の胸にすがりました。

夢ではありませんでした。真実でした。

あの世ではありませんでした。この世でした。

「雅子！　雅子！」

と、震えながら言われるお父様の声も、本当のお父様の声であっ

---

(63) 痛みませんでした　雅子は、左頬に三センチ程の打撲傷、後頭部に一・五センチの切り傷、膝に火傷など全身を負傷。

たのです。

その日の夕方、お父様、私、林先生、先生のお母さんの、一家は、いろ〳〵なお役所の方のおすすめで、(64)田上《たがみ》の錬成道場(65)に立ち退いて行きました。竹藪に囲まれた田上の家にも、夕闇が迫り、電気もつかぬ暗い部屋で、食欲の全くなかった私は、お父様のひざを枕にして、皆の食事をよそに、一人すや〳〵と眠っておりました。

大分長くなりましたが、これで当日のお話を書き終わりました。

それでは、お体をお大切になさいませ。さようなら。　雅子

---

(64) **田上**　旧茂木街道の峠一帯の茂木村田上名（現在長崎市田上）。被爆時の午後から、第二波攻撃を恐れた市民が、家財道具と共に避難し、この峠を登る。

(65) **錬成道場**　徳三寺住職の杉山種雄主宰。

三　原子との闘争

その後、お変わりもございませんか。今日は、この前の続きをお知らせする事に致します。

翌十一日には、田上の養生園[66]の蒔本先生の所に、傷を見せに参りました。敵機来襲が、頻繁である上、空襲のサイレンが鳴らないので、始終、防空壕に走らなければなりませんでした。起きている人でさえも、苦になる防空壕行きが、私には、倍々に苦しく思いました。さわると痛い頭の創に、防空頭巾はかぶれず、右足の傷は、痛くて早く走れず、それでなくても、何となく苦しく胸がムカ〳〵する（これは私だけが感じた）。防空壕に、まだ暖まりもしない布団から、起き上がって、這入る事は、容易な事では

(66) 養生園の蒔本先生　蒔本優。結核療養所。負傷者の手当てを行い、被災者三〇人収容。

ありませんでした。

二日間、物を食べていないので、ふら〱するばかりでした。昼食には、塩からい小さなお握りを一つと、大きな梅干しを三ついただきました。けれども、それ以上は、いただけませんでした。梅干しが、(67)とてもおいしかったので、一ついただくはずでしたのを、三つもいただいてしまったのです。ところが、後になると、のどが渇いて〱たまらなくなりました。何度でも〱水を飲みました。飲んでも飲んでも、のどは渇き、しまいには、林先生に叱られてしまいました。でも我慢がしきれず、また飲んでしまいました。

その次の日、朝起きると、何時もさわらなければ、何ともない頭の傷が、さわらなくとも、ズキン〱と痛み、それがまた非常

(67) 梅干しが、とてもおいしかった　同じく被爆した林京子も、諫早市に避難する途中に食べた梅干しをおいしいと感じた。

に痛いのです。そして、用たしに行くのにも、起きるのがつらいのでした。初めのうちは、大した事もなかったのですが、だん〱とその痛みが、前にも増して来るのです。そして首筋の所が、固まってしまったように、ゴリ〱が出来、起き上がる時に手をついたり、首を曲げたりすると、痛くてたまらないのでした。そこで、蒔本先生に往診に来ていただく事にしました。

お父様が、市内に下っておしまいになった後も、ます〱痛みが激しく、今度は、異様な寒けを感じて来るようになりました。そこで沢山、布団を掛けてもらいましたが、布団を掛けると暑いのです。林先生が、熱があるのだろうとおっしゃって、計って見ました。その時は、三十八度位でしたが、先生が往診に見えた時は、[68]四十度近くの熱がありました。その上ちっとも、食欲が進まないのです。先生は、

(68) **四十度近くの熱**　原爆症は、原爆の熱や光、爆風や放射能による人体への障害。被爆から同年一二月末までの発症を急性原爆症とする。これは一〇日間位までを急性期、第五週までを亜急性前半期、第八週までを亜急性後半期、それ以降を回復期と区分する。急性期は即日死や翌日以降の衰弱死など。亜急性期は、発熱、出血、吐き気、倦怠、脱毛、血球減少などの症状。

「頭の傷の毒を、淋巴腺で止めているのです。それに、痛みを感じるようになったのは、治って来た証拠だから安心しなさい。今度の爆弾は、皆共通点があって、食欲がないのです。どうも毒ガスが、混じっているらしいようです。」

とおっしゃって、痛い注射をさしていただきました。けれども、私は、そんな言葉も耳に入りませんでした。ただ、ヅク〳〵と痛む傷の痛さに、我慢が出来なくなり、涙を流したのでした。自分の生命が、あるのか無いのかも、認識出来ませんでした。

「爆音！」

という声に、私は、ハッと我にかえりました。けれども、私には、起き上がる力がありませんでした。

「もう死のう。死んでしまったら、何も苦しむ事はない。もう死のう。」

と私は思いました。けれども、私は、その場で考え直しました。

「今、死んではいけない。いくら苦しくても、挫《くじ》けてはいけない。力の限り、頑張って、再び大君の御為につくすのが、私の道だ。お母様、見ていて下さい。私は、今こそ、こんなに苦しんでいますが、きっと、今に尊い生命を取り戻して、大君にお仕え申します。私の命は、ただ自分一個の生命ではありませんでした。今にきっと、病のアメリカに打克って、健全な体になります。」

と誓ったのでした。けれども、痛さはこらえる事が出来ませんでした。そのため起き上がって、防空壕へ走る事も出来ませんでした。

だん〱と時がたつにつれ、痛みが甚だしくなり、私は、

「痛い、痛い。」

と泣いていました。奥歯をかみしめても、手を握っても、涙が出て来ました。林先生が、

「外傷だけで、そんなに意気地のない事じゃあ、駄目よ。もう少し、元気を出しなさいよ。少し、大ゲサなんでしょう。」

とおっしゃいましたが、私は本当に痛くて〳〵、元気も何も、あったものではありませんでした。

やがて、薄暗い闇があたりを包みました。ほの明るいローソクが灯りました。私は、泣き続けていました。枕も、布団も、手拭いも、みんな涙にぬれていました。お父様は、まだ帰っていらっしゃいませんでした。私は泣きながら、お父様のお帰りを待っていました。

その夜、お役所の仕事で、何時ものように遅くなり、暗くなっ

たなかを、雅子はどうしているか、と心を痛めながら、息をせき切って、一里の山坂を登って来られたお父様は、ローソクのもとで冷たくなった南瓜の煮付で食事をすませられると、すぐ私の所へ来て下さいました。そして、まだ痛みが止まらずに、苦しんでいる私の肩や、首を静かにもんで下さいました。お便所へ行くのにも、ついて来て下さいました。

「さあ、お父さんが肩をもんで上げるから、早く寝なさいね。」

そう言って、お父様は、今まで工場生活で幾分張った肩を、やさしく、やさしくさすって下さいました。私は、気持ちがよいので、傷の痛みもうすらいで来ました。お父様は、なおもやさしく、さすって下さるのでした。その気持ち良さに、私は何時の間にか、夢国へ誘われているのでした。

夜中、目がさめた時、お父様はまだ眠ろうともなさらずに、私をさすっていらっしゃったのでした。私の痛みを少しでも減らすように、お父様は昼間の疲れも、ものともせず、夜も眠らずに、私をさすっていて下さったのでした。私は、涙が出ました。今度は、痛くてではありません。有難くてたまらなかったからでした。

十五日。もうあたりは、真っ暗でした。しかし、昨日あたりから、つくようになった五燭の電燈をつけたので、もう蚊帳の吊られた八畳の部屋は、幾分明るくなりました。

新型爆弾は、原子爆弾と判明し、強い力をもっているという事は、新聞でわかりました。真っ黒な竹藪から見下ろす浦上付近の工場地帯は、まだまだ燃え続けており、市内には、死体を焼く無数の煙(69)が、立ち昇っていたでありましょう。

三日前から出た熱が、今日になっても、まだすっかり治らない

(69) 死体を焼く無数の煙　八月一〇日に野外火葬が認められ、長崎市内の空き地の至る所に火葬の煙がたちのぼる。この煙は、敗戦の報の後も、しばらく続いた。同年九月一日時点の検視済死体は一万九七四二体。

私は、床の中で、今日の出来事を思い出して見ました。

お昼前十時頃、近所の人が、

「さっき○○を通りかかったら、一人の兵隊が高い石の上に立って『日本は無条件降伏した』(70)と言っていましたが、馬鹿な事を言うもんですね。」

と言っていました。それから間もなく、お役所の有浦さんが、林先生の所へ、何かお父様からの書き付けを持っていらっしゃいました。中を林先生が御覧になると、

「正午から重大な放送がありますから、誰でもいいから、ラジオを聞いて下さい。」

と書いてありました。そして、ある一人の方に、聞きに行っていただきました。話によると、

「天皇陛下の玉音であった事。御放送の内容は、ラジオがガーガー

---

(70) **日本は無条件降伏した** 八月一六日付「長崎新聞」第一面は、「玉音、肺肝に徹す／総力国家再建に傾倒／一億ひたすら死中に活」と大詔放送を伝える。同じ第二面は、「人類史をかへる兵器／原子爆弾米紙が強調」と、「ニューヨーク・ヘラルド・トリビューン」紙の記事を伝える。

で、はっきり分からなかったが、どうやら休戦になったらしいと言う事」

が、わかりました。そう言えば、どうした事か、今日は朝から一度も爆音が聞こえないのでした。しかし、休戦になったなどという事は、どうしても信じられませんでした。

それで今日は、特にお父様のお帰りを待っていたのでしたが、お父様はどうした事か、何時もお帰りになる時刻になっても、帰ってはいらっしゃいませんでした。

「きっと本当に、休戦になったんだろう。」

と林先生は、言われましたが、私は、どうしても信じられませんでした。

翌朝、目が覚めた私は、もう先に起きて、着物を着替えておられるお父様に向かって、だしぬけに、昨日の事をうかがったのでした。

私の信じていた事は、すっかり違っていました。戦いは、遂に敗れたのでありました。(71)私は、口惜しくて、口惜しくて、なりませんでした。歯がゆくて、歯がゆくてなりませんでした。

その後、私は解熱剤の注射をすると、だん〳〵と食欲も出、(72)二十八日には、再び市内の八百屋町官舎へと、重い荷物を背に負って、山を下ったのでした。けれども官舎は、勿論、まだ下駄ばきのままで、上がらなければなりませんでした。

三十日の朝には、福岡から千代子叔母様と、嘉一《よしかず》(73)さんが、私のお見舞いに福岡よりお見えになり、私は元気に長崎駅までお迎えに出たのでした。

ところが二日ばかり経つと、何か、座っていて急に立った時な

(71) 私は、口惜しくて口惜しくてなりませんでした　長崎版削除。
(72) 二十八日　「二十九日」（仮刷版）
(73) 嘉一さん　叔父石田義夫長男。

どに、目まいがするのです。それが変だというわけで、九月七日に血球数の検査をしたのです。

白血球一八五〇と聞いて、私は気が遠くなったような気がしました。その日、おろしたばかりの赤い鼻緒の下駄も、映えなくなったようでした。大変だ、というので、今まで安心しておられたお父様も、びっくりなされ、翌日、早速、叔母様達と長崎を去った(74)のでした。

四　新生

福岡の野間山荘(75)に立ち退いて後、土地が変わったせいか、長崎で悩みの種とされた目まいもなくなり、血色もよくなって、野間の家族は、一同喜んでおりました。そして、原子爆弾には、ビタ

---

(74) **長崎を去ったのでした**　九月二日から三日にかけて長崎市には四〇〇ミリを超える豪雨が降る。この日以降、長崎市内の地に生命の息吹が次第に感じられるようになったといわれる。

(75) **野間山荘**　石田壽の母の別宅であった山荘。現在福岡市南区野間。

ミンCの最も多い柿の葉を食べるといいと言うので、毎日叔母様の、少しでも多くいただけるようにと、苦心して作られた柿の葉だんごをいただいたりしておりました。その上、毎日生卵を私にだけ食べさせていただきました。

十五日（九月）。その日、私は桃色の御自慢、麻の洋服に、紫色のモンペと装いをこらして、叔母様と一緒に、元気に外へ出ました。大空は青く、どこまでも澄み渡っていました。これがあの悪魔の如き(76)原子爆弾を積んだB29が、飛んで来た大空とは思えませんでした。私は、何かしら、嬉しさを抱きながら、叔母様と一緒に歩き出しました。帝大に血球数を計りに行くのです。私は、きっと増えていると思いました。こんなに気分がいいのに、増えないわけがないように思われるのでした。

しかし、予想は当たりませんでした(77)。白血球数は、更に一六〇

(76) あの悪魔の如き　「恐ろしい」（長崎版）

(77) 予想は当たりませんでした　「全く裏切られました」（仮刷版）

○に減っていたのでした。私はその時、口にこそ出しませんでしたが、今や優しいお父様や、お兄様、愛らしい泰世や静子を後に残して、あの世へと去って行かなければならないのではないか、とも考えて見るのでした。そして、二十日には、野間の小母さんと二人で、混んだ急行列車にゆられて、帝大付属病院澤田内科に入院したのでした。

病室は、一人部屋で、二方は壁に、二方を廊下にめぐらした明るい、感じの良い部屋でした。私は、その部屋が好きでした。一番奥の部屋なので、人通りがなく、自分の思うがままに、廊下を行き来出来るのでした。その廊下のガラス窓から、右手に見える(78)箱崎八幡宮の白い鳥居から続く松林の先に、穏やかに波打つ海が、光って見えるのでした。

(78) **箱崎八幡宮**　福岡県箱崎町筥崎宮。古代、朝鮮半島新羅の外寇に対して大宰府防御の役割を負う。

私は、その病室で、子供のように面白い林という先生に受持たれ、優しい石田さんや、田中さんなどという看護婦さんに世話になり、また小母さんに、毎日のごちそうをおいしくまかなってもらって、美しい海を眺めながら、血球の欠乏も忘れて、楽しい病院生活を送っていました。

今になって見れば、命の恩人とも言うべき境挺三(79)さんに、尊い血をいただいたのも、この部屋でありました。その日私は、丁度福岡に出張中のお父様の外に、久し振りでお会いする挺三さんがいらっしゃったので、大変うれしく思いました。ところが話によると、輸血(80)をするというのです。私は、びっくりしました。間もなく、唇をしっかり合わせて、右手をおさえて帰って来られた挺三さんに続いて、大きなドス黒い血の入った大きな注射器を持っ

(79) **境挺三**　叔母千代子の義弟。

(80) **輸血**　被爆に伴う骨髄抑制などで貧血、白血球減少が起こり、これを補うための輸血。直接白血球を増加させる薬剤はなく、保存血もなく戦時期は血液不足であった。また原爆症に対する特異な治療方法でもなかったが、一般的には実施されていない治療方法であった。この時期、長崎市内で同様の治療を受けることは、かなり困難であった。

た林先生が、白い帽子に白い服、白い靴下をはいた石田さんを連れて入って来られました。

　私は、それを見て、ドキンとしました。そして、更にもう一つドキンとしました。何故ならば、その大きな注射器に、太い太い、今までに見た事もない、それは〳〵太い針が、さしてあったのですもの。けれども、それは、挺三さんに刺した針でした。私に刺すのは、もっと〳〵細いものでした。後から考えると、あんなに太い針をさされた挺三さんは、どんなに痛かっただろうと思いましたが、その時は、そんな事はそっちのけでした。左にお父様と小母さん、右に林先生と石田さん。私は、お父様の手につかまって、左を向き、目をつぶりました。プッと、小さな音がして、チクッと痛みを感じました。が、針が入ってしまうと、何でもありませんでした。目を開くと、お父様が、

「痛いか、少しは。」

とおっしゃいました。

「いいえ、少しも。」

と私は答えました。注射は、大分長くかかりました。その日は、夕方、血が体に回って、お酒に酔ったように真っ赤になり、ふらくしました。熱が、三十八度まで上がりました。


楽しい病院生活は続きました。白血球も計る度に数を増し、カルテの体温表も、赤と青の線が、次第に低くなって来ました。せめて、病院にいる間だけでも栄養(81)を取ろうと、私は毎日腹一杯ごちそうをいただきました。

おすし、味御飯、栗御飯、小豆御飯、いため御飯などを始め、おしるこ、てんぷら、ふかしパンに雪印のバター、てっか味噌、

(81) **栄養**　父石田壽の弟石田義夫の妻千代子が、雅子が実母を亡くしていたこともあり、滋養のある食べ物を懸命に探し求め、病室に届けた。

すき焼、おさしみ、うなぎ、やきとり、ホットケーキ、ぶりの缶詰、ふかしいも、卵、ドイツの脂がギト〳〵しているサケの缶詰、牛乳、柿など、ありとあらゆるものを作っていただきました。毎日、一日の食事を調べに来る当直の看護婦さんが、

「おしるこ、お椀に四杯」

などと言うと、舌なめづりをして、

「うらやましいですね。」

と言うので、私は気の毒になる程でした。そのため、目方は、どん〳〵ふえました。澤田先生にも、言われた位でした。

私は今まで、

「ホソ、ホソ。」

と言われていたのが、お見舞いに来る人が皆、

「肥った、肥った。」

と言われるので、嬉しくてたまりませんでした。
こんなに楽しい、そして、こんなに幸福な病院生活を、私の他にした者がありましょうか。

けれども私には、一つの悩みがありました。それは、原子爆弾の患者には、必ず肝臓ホルモン[82]という少量ではあるのですけれど、それはそれは痛い注射を、お尻にしなければならない事でした。この注射がよいというので、一人一人少しずつ薬の量などを変えて試験をするのでした。ですから、どんなに良くなって来た私にも、させられる可能性がありました。

私の悩みは、それだけでした。けれども、とうとうそれをする時が来てしまいました。それをしたのも、やっぱりこの部屋でした。もう、外出の許可や、退院の許可が出てからでした。

---

(82) **肝臓ホルモン**　一九四〇年代後半から五〇年代にかけて、肝臓ホルモン薬は一般的な治療法ではなく、被爆者医療が確立していない段階における特異的な治療法であったとも考えられる。

西日の差し込んだベッドの上で、私は小母さんと一緒に、夕食をいただいていました。すると一人の看護婦さんが、

「注射をします。」

と入って来ました。私が、何の注射かと思って驚くと、それこそ、例の肝臓ホルモンだったのです。仕方なしに、ズロースを下ろしてベットに腹這いました。その痛いこと！　私はベッドの手摺りをしっかり握って、歯を食いしばりました。

「痛いでしょう。この注射は、食塩注射と同じ位の痛さですから、とっても痛いのですよ。もう少し、我慢なさいね。」

そう説明する看護婦さんの声も、痛みのなかに消えて行くようでした。

翌日起きて見ると、注射の跡がはれて、熱をもっていました。

その日もまた、痛いホルモンを刺して、お尻の両側が見事にはれ上がり、私は腰かける事も、座る事も、そして寝る事さえも出来ないという始末になってしまいました。

私は、その痛い注射をしてから、毎日の病院生活がいやになってしまいました。退院、退院と、毎日、お父様のお許しの便りを待っていました。けれどもお父様からは、相変わらず、

「落付いて、出来るだけ、長く静養する事。」

と言って来るのでした。お風呂に入ってもよい、というお許しもあり、泰世や静子達がみんなでお弁当を持って来た時には、泰世達と一緒に、箱崎のお風呂へ行きました。それでも、熱は出ませんでした。私は、毎日毎日、お父様のお許しを待っていました。

私は、まだ薄暗い内から、看護婦さんが持って来たゴム管(83)を、

(83) **ゴム管** 当時、よく施行された胃の病態を調べる胃運動曲線検査。被爆や原爆症との直接的関連はないと考えられる。

一時間以上たっても、呑み込めませんでした。細いゴム管の先に、鉛で出来た丸いものを呑み込んで、胃袋の検査をするのだそうです。

「胃の病気じゃあるまいし。」

と私は、呑み込めない鉛をにらみつけました。二度ばかり、看護婦さんに入れてもらったのですが、ゲーゲー何か上げて来て、苦しくて、息がつまりそうだったので、途中まで入りかけたのを引っ張り出してしまいました。二時間たっても、三時間たっても、小さな鉛は、飲み込めませんでした。私は諦めて、ゴム管を投げ出すと、寝てしまいました。けれどもその日は、何だか胸が気持ち悪いようでした。私は、好きだった部屋も、そして病院生活も、一時にすっかり嫌いになってしまいました。そして毎日、退院、退院とお父様にお手紙を出すのだけれど、返ってくる返事は、どれもこれも、あまり思わしくありませんでした。

十月十八日(84)、昼食を終わったばかりの時、庄野さんが長崎からお見えになり、お子さんの所へいらっしゃった後、私の所へいらっしゃって、

「お父様からのおみやげ。」

と、大きな包みを渡して下さいました。私は中にもしや、

「退院してよし。」

の手紙も、入ってるのではないかと、大喜びで開けて見ると、何のまだ青いミカンとわら草履が四足、ころげ出ただけで、ほかには何も入っていませんでした。私は、そのミカンや草履も嬉しいけれど、ハガキ一本でも、

「退院してもよし。」

(84) 十月十八日 「十月十二日」(仮刷版)

のお許しを受ける方が、どんなに良いかわからない、と思いました。そこで、これからまたすぐ長崎へ帰られる庄野さんに、お手紙をことづけする事にしました。

お父様、早く退院させて下さい。退院許可は、十日程前より出ています。澤田先生の回診の時は、簡単に診て、大変よろしいと、おっしゃるだけです。近所の人が、どん〳〵退院します。岩津さんも、昨日退院されました。ここにいると、お尻に注射をして、はれ上がって、歩けなくなったり、熱が出たりするし、また一昨日は胃液の検査などあって、ゴム管を飲ませられたりしました。ゴム管が、呑めなくて、とう〳〵やめました。

そんな風に、ここにいると、何時までも試験台にならなくてはなりません。どうしても早く退院したいのです。今日でも、明日でも、一日でも早くしたいです。林先生の診察も、毎日ないし、毎日熱を計る位の事で、あとは試験なのですから、ここにいても同じです。お父様のお許しさえあれば、すぐにでも退院するんです。熱もないし、診察しても異状なしだし、それよりも早く家に帰って、ゆっくり気楽にしていた方が良いです。おとなりのひどかった方も、二十日に退院なさいます。朝から退屈で、何もしないような有様です。ここだと、やっぱり、不自由な事などあって困ります。どうしても一日も早く、退院させて下さい。お頼みします。退院した方がよさそうです。どうか退院させて下さい。雅子のお願いは、何を送っていただくよりも、お父様からの、「退院よし。」のお便りです。十七、八日には、退院出来るようにして下さい。

十月十二日

さようなら
雅子

お父様

この手紙を出してから、間もなく、私の待ちに待っていたお許しの手紙を、石田さんが笑いながら持って来ました。私のその手紙を読んでの喜び、それは、お兄様の御想像におまかせします。

十八日の夕方、私は雨のしと〱降る中を、小母さんと一つの傘に入って、目出たく野間の山荘に帰って来ました。やがて、菊の香漂う明治節(85)も過ぎて、霜降りた庭に、山茶花の花が咲き誇りました。そして何時か、雪のちらつく季節がやって来ました。悔

(85) **明治節**　一九二七年三月に明治天皇の偉業を称えるため、誕生日を国民の祝日と定めた。四八年七月に廃止され「文化の日」となる。

多い昭和二十年も除夜の鐘の響きに消え、とうとうお正月は来ました。私も元気に、十六歳になりました。

新学期(86)が始まるので、私は長かった療養生活から離れて、今汽車に揺られながら、思い出多い長崎へ(87)〱と向かっています。
私は、静かに、今までの事を思い出して見ました。

恐ろしかった工場での原子爆弾、――苦しかったトンネル壕での夜明かし、――つらかった田上での病気生活、――楽しかった福岡での静養生活、……すべてが、皆、私の経験となり、教訓となって、蘇《よみがえ》って来るのでした。私は、ふと賢一(88)さんからの手紙の文章を思い浮かべました。

---

(86) **新学期**　二学期を休学し、三学期から登校。

(87) **長崎へ**　一九四五年九月八日に長崎市を離れて福岡市へ行き、四六年一月一二日父壽と兄穰一と共に長崎に戻る。一月一四日県立長崎高等女学校への通学をはじめる。

(88) **賢一**　従兄田辺賢一。康子の兄

……あなたも悪夢のような過去を思い出して、戦慄する時が、恐らく、しばしばあるのではないかと思います。康子などと違って、文字通り、九死に一生を得た尊い体験は、それこそ、どれだけあなたの為になり、あなたの生涯にとって貴重なものか知れません。

すべてが、あなたにとって、新生の時代ですね。古い雅子さんは、一応長崎において死んだのかも知れません。古い日本とともに。

原子爆弾こそは、旧日本の悪を潰滅させた斧鉞《ふえつ》でした。驚くべき偶然によって、その被害者となったあなたは、そして、また、数多い死者の中から、生命を救った幸運者の一人である。あなたは、確かに考えるべき、数多くのことをお持ちのことと思います。あなたを襲った、一瞬の閃光とともに、それと同時に数万の生霊が、あなたの周囲において霧消し、消失してしまったという事実が、厳たるこの事実が、単に九死に一生を得たことを喜ぶ以上に、厳粛なものを暗示しているのではないでしょうか。

僕は、千載一遇の、新生の機会を得られたあなたに、心から、この意味で、お祝いを申し上げたいのです。恐らくは、亡きお母様が、あなたをお護り下されたのでしょう。生命を楽しむ事は、決して罪悪ではありません。今こそ、どんなに生きている事が、うれしいことかを、あなたがお悟りになった事だろうと、推察しています。……

あ、もう、長与のトンネルをくぐりました。汽車は、あの思い出深き長崎に向かって驀進《ばくしん》しています。もうすぐ道ノ尾です。間もなく、トンネル壕も見える事でしょう。

私は、もう一度、頭に描き出して見ました。あの苦しかったトンネル壕での夜明かしを……。

それでは、いよ〳〵大寒に向かいますから、お兄様も、どうぞ、お風邪をお召しにならないように、お気を付け下さい。

さようなら

雅子

一月十二日

お兄様

完　二一・一・六

勝った！ 勝った！ 遂に勝った！ 石田雅子女史は、甦れなかった。あの世紀の原子爆弾にも、そして、恐るべき放射線にも、その体力と、その意志とをもって、遂にそれに打克ったのである。今、この全文を読み終わって、ただ感慨無量！

〝雅子甦れず〟の連載が、これを以て終わる時、読者諸兄と共に、深く感ずる所がある。もう一度、ゆっくりと、これを読み直して見ようではないか。

それにつけても、この長い大きな全文を、寄稿して下さった同女史に対し、深く心から感謝する次第である。

記者

〝雅子斃れず〟を終わって

読者全員、心からの大好評をもって迎えられていた特集〝雅子斃れず〟は、遂に今号で完結いたしました。拍手、大喝采のうちに、これを終わり、いよ〳〵次に、今度は、既報の石田壽氏御寄稿の〝強き父性愛〟が登場する事になりました。これまた、きっと、読者諸兄の御期待にそうものであります。これは今号、第四面より連載いたします。どうか楽しみに、次頁をおひらき下さい。

終わりに、石田雅子さんに、感謝の御礼を申し上げて、これを終わる事にいたしましょう。

長崎（浦上）原爆による被災は、死者七万三〇〇〇人余り、重軽症者七万四〇〇〇人余り、原爆孤児数千人。

□ 本文復元にあたり

・本書載録『雅子斃れず』は、広い読者層を想定し、その幅の中でも、特に中高校生の読者層に対する配慮を第一のこととして、作品本文の復元を行った。

・『雅子斃れず』は、次の八段階の生成過程を経た作品である。これまで、このように作品本文をさかのぼって本文を比較し、検討されることはなかった。

A　妹石田雅子から兄石田穰一への書簡版『雅子斃れず』（草稿・書簡形式）

B　家庭新聞「石田新聞」分載版『雅子斃れず』（連載第三回散逸）

C　石田穰一鉛筆書き二分冊清書版『雅子斃れず』（散逸か）

D　プランゲ文庫所蔵版『雅子斃れず』（連合軍最高司令官総本部〔GHQ／SCAP〕検閲原典）

E　石田壽と石田穰一による加筆版『雅子斃れず』（個人所蔵）

F　仮刷版『雅子斃れず』（私家版限定百部・石田雅子と石田壽と石田穰一の共著・印刷者と発行所と配給先が奥付に明示されず）

G　長崎版『雅子斃れず』（一九四九年二月婦人タイムズ社発行）

H　東京版『雅子斃れず』（一九四九年八月表現社発行）

単行本として公刊された『雅子斃れず』は、G版とH版である。通例であるなら、B版（初出紙）からG版へと展開される。しかし、敗戦期の制度や混乱がそのことを阻んだといえる。

・本書載録の『雅子斃れず』は、B版を底本とし、F版を適宜参照し、必要に応じてA版によって本文を確認した。

・底本をB版に求めたのは、D版以降の本文には、占領軍の力学が加わったり、社会的な過重を負わされたりしたと考えるからである。それは、本来、作品の自立性が求める本文展開と異なるものであった。

・B版には、作者の思いが素直に文字化され、それを享受する読者（家族や親戚）との自然な関係性が成立し、そこに偽りのない読書行為が形成された。

・長崎（浦上）原爆に、真正面から向き合うためにも、正確な作品本文が求められると考え、書誌的事実に関心を向けた。
・『雅子斃れず』連載第三回目の「石田新聞」第一八四号は散逸したため、書簡版本文の該当箇所によって本文を復元した。
・各版における本文異同は、最小限のものを記した。
・旧漢字は新漢字に改め、旧仮名遣いは、現代仮名遣いに改めた。
・固有名詞などは、その表記に従った。
・記号表記は、煩瑣《はんさ》な場合など、簡素な表記などに改めた。
・明らかな誤字や誤植や脱字などはこれを訂正した。
・A版やB版掲載の挿絵などは省略した。その一部は、写真ページに載録した。

（横手　一彦）

『強き父性愛』（「石田新聞」版）

石田　壽口述
石田　穰一記録

『雅子斃れず』を読み終わって、未だその感銘深き時、ここにまた、原子爆弾の記を連載する事になった。我が子帰らず、一夜を寝ずに、その生還を待つ親の心境。生還、そして懸命の看護。その胸は、いかばかりであったろう。長崎地方裁判所長石田壽氏の記録を、広く読者にご紹介して、今一度、当時の惨状を回顧して見る事にしよう。

記　者

一　引越の朝

八月になって、長崎に対する敵の空襲は、頓《とみ》に激しくなり、三菱造船所の事務所辺りが、昼間猛烈な爆弾による被害を受けた。丁度その頃、私の官舎が、元控訴院長官舎に移る予定であったので、防空上、一日も早く引越しする必要があると考えて、多少、準備は不足であったが、八月の九日（木）に、勝山町二二番地の官舎から、八百屋町三三番地の官舎に移る事に決めた。

七月の末、雅子が私の出勤中、泣かんばかりの顔をして帰宅したそうで、歯が痛むというので、林さんに連れられて、どこかの歯医者に行ったそうである。これは、よほどひどく苦しんだ模様で、その日、動員出勤中の三菱兵器工場中で、執務中、急に歯が痛み出し、ひどい痛さに耐えられないのを我慢して、泣きながら、一通り仕事を片付けてから早退帰宅した、という事なので、どうも今年になってから、雅子は、いろ〳〵体に故障が多いようだ。

東京では、一月に学徒動員で、天現寺の安立《あんりつ》電機工場に通うようになってから、往復の電車の混雑と工場給食の過多とで、慢性の腸カタルになり、四月、長崎に転任する頃まで、すっかりはよくならなかった。そのうち五月頃には、背中に花イボが出来、長崎医大の古屋野先生や北村先生にご厄介になり、それが治って県立高女の学徒動員が始まり、五月末頃からは、元気に三菱兵器大橋工場に通勤するようになった。それでも始めは、あまり電車が混んで乗れないので、逆の行路をとって、蛍茶屋の始発点から乗車し、迂回して大橋に通っていたが、それも、あまりに乗客が多いので、遂に乗れなくなって、自宅から工場まで片道一時間半の道を、毎日徒歩で往復するようになった。朝五時には起きて、六時頃には出かけて、夕方五時過ぎに帰って来る頃は、いかに健康は恢復していたとは言え、往復四里の歩行で、すっかりヘト〳〵に疲れ、空腹もひどいようであった。私が、毎夕気の毒に思って、葡萄酒の一杯や、固パンに少しばかりの蜂蜜をつけて食べさせていた。それから、二人で食膳に向かうのを、私は、何よりの楽しみにしていた。

長崎の夏は、早い。大変、暑くなって来た。毎日の苦闘をつゞけている中に、無理をしたのであろう。急に歯が、痛み出したのだ。一週間工場を休んで、歯の治療をし、一時的の応急処置を

してもらったようだが、まだ全恢しないうちに、

「どうしても、工場に行く。」

と言って、通勤を始めた。私は、心配して、

「今少し、完全に治療が終わるまで休むか、早引けしたらどうだ。」

とすすめたが、なかなかきかぬ。丁度、九日の前日にも心配して、

「明日は、引越しだから、家にいて、その間に歯医者に、行って来たらどうだ。」

と話したが、

「今工場では、大切なお仕事をやっていて、私のする事も、他の人ではやれないから、どうしても工場に行きます。」

とやっぱり言うので、私も感心して、かえって、親として恥ずかしい位の思いをした。

丁度その前日（八日）、同級生で親しくしている森田さんから、きれいなハンカチと何かを、雅子に贈られていたので、

「それでは、お返しに、これをお上げなさい。」

と言って、八月九日の朝、東京で求めていた絹の縞模様のハンカチと、小さな玩具人形を雅子に渡した。雅子は、それを喜んで、たしか半紙に包んで、救急袋に収めて、元気に、

「行って参ります。」

と言って、勝山町の官舎を出て行った。白い服に、縞のパジャマズボンをはき、素足に下駄ばきで、救急袋をかつぎ、元気に出て行く姿を、私は見送った。このパジャマズボンは、私が洋行の際に、三越で作ったもので、白、ネズミ、黒の三条縞のものであるが、防空ズボンによいので、最近、一つは雅子にやり、一つは穣一の寝巻パジャマに分けていたものである。

この日は、引越しの朝で、私等は早く起きていた。八時頃から、役所の人達が十数名、山本書記長、森会計主任の指揮の下に集って、直ちに引越しの仕事を始めてくれた。引越し先は、勝山国民学校をへだてて、僅かに半丁もない近い所である。手伝いには、女の雇や、給仕六、七人も加わり、庄野監督判事と中村判事も早くから来てくれた。よく晴れた陽の強い朝であったので、私はガーゼの半袖シャツと、国民服のズボン、国民帽をつけて一緒に働いた。自宅のものは、他に、林さん母子と女中しげだけである。

朝早くから、警戒警報が出、空襲警報も出たり、解除になったりしていたが、引越しの仕事で夢中になっていたので、あまり気にもとめなかったし、手伝いの人も、そんな事を顧みないで働いていた。

丁度十一時頃には、空襲警報が解除になって、私と庄野君、中村君とで、大きな洋服ダンスを、八百屋町官舎の中廊下に据えていた。それが終わり、三人で縁側に坐って一息入れた時、（後に判明す、十一時二分）突然、

ピカッ

と四囲が、赤く、丁度、写真のマグネシウムをたいたように、白く明るくなったので、おやっと思う次の瞬間、

ガラ〳〵ッ　ドン

という大きな音がして、家の中は、一時に壁や建具が飛散し、ひきつゞき、一寸の間、一面家屋がぐらつき、家の中がメチャメチャになった。庄野君が最初に、

「爆弾だ！」

と言って立ち上がり、洋服ダンスが前の柱にたおれかかった時までは、よく分かっているが、それからはメチャ〳〵で、私は、すぐ関東の大震災の当時の経験を思い出し、大地震のような気がして、柱の側に這って行き、柱をつかまえて、しばらく俯伏せに身構えをしたが、壁土の落ちた土煙等で、しばらくは皆が、どうなったか分からなかった。

一分間も経って、静かになった時、私は、どこかあまり近くない所に、大きな爆弾が落ちたものと考えて立ち上がった。東京で、爆弾の落下音を、しばく聞いていた私には、この時の音響には、ザーッと言う爆弾の落下する音が聞えなかったので、始めは、どうも爆弾ではないような気もしたが、少なくとも、近い所に落ちた爆弾だとは思わなかった。

手足に多少傷を受けたようだが、大した事はないようで、大丈夫だと思って、立ち上がって四囲を見たが、一寸誰も見当らない。その中に中村君が、大分ひどく怪我をしたのに気付き、また、庄野君がどこからか出て来たし、女の人達が、こちらに大分来ていたので、大声で聞いて見たが、誰も負傷はないらしい。それで、ホッとして戸外に出て見ると、北隣の鈴木警察部長の官舎二階の屋根に、大きな穴があいており、私の官舎の屋根も、大分飛ばされている。これは、隣家に小型の爆弾が落ちたのだ、と思った。勿論その時は、原子爆弾だとは気が付かなかった。すぐ勝山町の官舎の方を聞いて見ると、これも死人はなく、林母子も無事である、と。

たゞ、森会計主任が、頭をひどくやられたそうである。山本書記長が、どこからか出て来たのを見ると、頭と手と鼻の上に、ひどく血を流して怪我をしている。

勝山町の官舎は、八百屋町官舎よりもなおひどく、屋内は勿論、屋根も破損している。この付近一帯に、どこの家も大破損であるので、私等は、この方面が被害の中心地と思って、これだけの被害があるのに、何故役所の職員がかけつけて来ぬかと、不思議に思いつつ、正午頃に、私と山本書記長、土肥監督書記、庄野監督判事等で、裁判所の庁舎を見に出かけた。庄野君も、殆ど負傷していないようであった。私は、左手首近くに、ガラスか何かの切創を受け、かなり血が出ていたが、防空服を着て、隠して行った。たゞ、右の大腿部の外側に、よほどひどく何か当たったらしく、打撲の鈍痛が甚しかったが、何をと思って、ステッキをついて、そ知らぬ顔で歩いた。私は、引越しの最中の惨事で、一人も死人が出なかった事を何よりの幸と喜んで、自分の手や足の痛いのを忘れるような心地で歩いて行った。

役所まで約五、六丁。その途中、どこの家も、官舎と殆ど同じような大きな破損をしている。どの家も、屋根瓦が飛散して、魚の鱗のようになっているのを見うけ、また官舎の裏立山から、諏訪神社の向こう、西山のあたりにかけての上空に、真っ黒な雲が沸き上がっているのを見て、これは、大変な広い範囲に、沢山の爆弾や焼夷弾が、落されたものと思いつゝ、未だ数日前、広島に投下された原子爆弾とは気付かなかった。しかし、これが新型爆弾なのだろうと、庄野君達と話し合った。

二　我が子帰らず

役所について見ると、地方裁判所の正面二階の所長室と、会議室あたりの天井が落ちて、この辺りが一番ひどい被害であった。もし私が、役所にいたら、その当時、会議室の北寄りに所長の部屋を移していたので、この時刻ならば、きっと天井や屋根と共に、墜落して死ぬか、重傷を負うかしていた事と思ったが、その当時は、さほど深くまで考えてはいなかった。後日、しばしば同僚の判検事から、その事を言われて、確かに左様であったと、度々考えた事である。

役所の職員は、皆、自宅の被害等の為に退庁していたものと見えて、誰もいなかった。区裁判所のコンクリート地下倉庫は、登記等が充満してあるので、最も大切な倉庫であるから、早速出かけて見たが、何の異常もない。当時御真影は、県知事に頼んで、県内の寒村の某小学校に奉還して置いたので、全く心配はなかった。

ふと見ると、裁判所から、約二丁位の所にある県庁の本庁から火を出している。大分、火力が強いようであったが、山本君達が聞いて来ると、消防隊では、大丈夫消し止める、延焼の恐れはない、との話で、いさゝか懸念はあったが、再三大丈夫だとの報告を受けたので、大抵大丈夫と思って、一寸自宅に帰って来る事にした。その際念のために、地下倉庫の階上の部屋に、かねて用意しておいた貯水槽の水を、庄野・山本両君に命じて、私も共に部屋一面に流した。

その際、地下倉庫には、丁度数日前、自分の洋行中買求めた書籍、雑誌、画帳、洋行日記及び家庭で作った記念写真帳、洋行写真帳全部、約三十冊位、写真フィルム等を十個の木箱とトランク二つに入れて、全く一時預けていたので、その中から小さなトランク二つだけは、自宅に持って帰ろうと取出したが重いので、隣地の元控訴院の地下壕に投げ込んで帰宅の途についた。控訴院の庁舎は、見た所、形はくずれていなかった。なお、区裁判所の地下倉庫は、四囲がコンクリートで塞いであるので、入口を閉めて、先ず安心と思った。庄野・山本君は、後へ残った。私の部屋には、人名簿や、支那の硯、墨、岳父の形見の黒墨、ドイツ製望遠鏡等、いろ〳〵重要なものが置いてあったが、部屋が墜落しているので、またすぐ帰って来て、取り出せばよい位の心地で役所を去ったのである。

官舎に帰ったのは、引越しの最中でもあったし、家族等も打棄らかしのまゝであって、林母子も、どうしてよいのか途方に暮れているだろうと思って、一寸、その指図をするつもりであった。果せるかな帰って見ると、林君の母は、立山の後に黒焔が上り、長崎駅の辺りから大分火が近づいて来ているので、周章狼狽して、早く逃げようと呟いている。林君と、女中しげと二人で、どうしてよいか、わからなく困っているところであった。私は、火は近いが、まだ逃げる所までは来ていないと思って、防空壕の中や庭の土穴に、書類やその他衣類等を、箪笥や戸棚から、取出しては埋めていた。すると間もなく、庄野君と山本君が飛んできて、

「あれから、すぐ控訴院の屋根に火が出た。県庁の飛火だと思われるが、すぐに火がまわって、もう役所は裁判所も控訴院も、全部焼けてしまった。」

と報告したので、私は呆気にとられた。庄野君達も、全く意外に火のまわりが強くて、何の手を施す事も出来なかったし、消防隊もどうすることも出来なかったといい、それで、これは諦めるより仕方がない、と思っている中に、だん〳〵火は延びて、こちらの方に風と共に飛んで来るようである。結局官舎も延焼するか、と考えたので、またもとの官舎に行って、夜具を井戸にほうり込み、林君達と庭の上穴に醤油樽を埋めたりした。その中にも林君の母は、逃げよう〳〵と騒いで仕方がなかったが、まだ逃げるには及ばぬ、と様子を見て言うと、午後六時頃

から、風向きが変わって、向こうに行くようになったので、もう一安心と思った。その頃から、役所の有浦君や塚本君達も来てくれたので、縁側で一休みしたが、この頃から、敵機の来襲が頻繁となり、いつまた焼夷弾を投下されるかと憂慮したが、それでも、もう落付いて、情勢を見ようと覚悟を定めた。

陽がトップリ暮れて、市街の彼方には火焔が赤々と燃え上がっている。雅子の事を考える念が、湧然と起って来た。もう帰ってもいい頃とも考えたが、とてもこの四囲の様子では、西山の方を山越しでもして来なければ、帰られまい。道不案内で、随分困るだろうとも考え、いろ〳〵に胸を痛めた。林君が、

「三菱兵器では、警戒警報が出ると、すぐ仕事をやめて、どこか近所の森の中に、待避する事になっているので、今朝は、早くから、警戒警報が出ていたから、きっと待避していたに違いないから、怪我はしていられないでしょう。」

と言う。これは、私の心を大変和らげた。当時は、原子爆弾の被害がどんなものであるか、少しも知っていないので、たゞ待避さえしていれば、爆風をよけて安全であろう、と考えたのであった。

そのうちに、山本書記長がヒョッコリ出て来て、

「所長さんが、少しもお嬢さんの事を言われぬので、私は御心中を察して、実はコッソリ県立高女に尋ねて見ましたが、全く消息が分かりませぬ。西山の方を、山越して行く道も、連絡がなくて、とても行く事が出来ません。学校でも、数百人の生徒を出しているので、校長始め、大変心配して、途方に暮れておられました。とにかく、負傷者が伊良林国民学校に収容されて来ているというので、すぐそこへまわったのですが、ここでは、負傷者が沢山悲痛な声を上げて、苦しんでいるのを見ましたが、とてもお嬢さんは、おられる様子はありませんでした。きっと今晩は、どこかに逃げておられるか、と思います。とにかく、明朝にならねばわかりません。」

と報告してくれた。これは、まだ死んでおられるというわけではない、と慰める意味に受けとれて、私は、山本君が重い負傷を受けながら、それまで心を配ってくれた事を、胸一杯になって、有難く思った。

敵機が続いて、しばしば直ぐ上を飛来する。その度毎に、始めは防空壕に入っていたが、この官舎の防空壕は、出来が悪くて、物置にはよいが、出入口がひどく狭くて、とても出入困難であり、殊に空気の流通が悪くて、二、三分も入っていると、気分が悪くなり、窒息しそうになるし、

一寸飛込むという事が全く出来ないので、しまいには面倒になり、官舎の奥座敷の縁側に腰掛けて警戒する事とし、運を天にまかせた。

十一時、十二時となって、火災は、こちらに及んで来ない事は確かとなったが、長崎駅方面は、やはり盛んに燃え上がり、立山の向こうも、余程ひどい火災らしく見える。それは、真っ黒な雲と、真っ赤な火災とが、錯綜して物凄い。私等は、防空服を身にまとい、ゲートルをつけ、縁側に腰かけて、警戒している。私の他に、林母子、しげ、有浦書記、塚本君（雇）達がいた。お互いに、全く疲労して、縁側に横になると、うつら〳〵眠り出す。眠ったと思うと、すぐ敵機が飛んで来る。物凄い爆音であるが、後には、起き上がるのも面倒になった。たゞ、蚊が多くて困るので、蚊取線香を探して、破れ瓦の上で、数本燃やして、群がる蚊を追いながら、交代に眠る事にした。私も起きては、敵機の来襲を頭上に警戒し、代わっては、蚊やりの側にうつら〳〵しつゝ、雅子の事をいろ〳〵に考えた。もう今夜は、とても帰るまいが、今どうしているか、明日の朝帰ってくれゝばよいが、或は既に、工場で爆死しているのではあるまいか。山本君の報告は、私を慰めてくれもしたが、学校の様子では、三菱兵器はよほどひどくやられた様子で、こゝが、一番被害がひどいような口吻でもあったので、どうも、

「どうも、やられたな。」

という不安の念が、次第に募って来る。雅子の事を考えると、頭脳が冴えるが、またすぐ疲れて眠りに陥る。


そのうちに、敵機の来襲も止まり、静かな明るい朝となった。私は、もう雅子が、帰って来ないものか、と官舎の表に出かけて見ると、官舎の東側道路の向こうから、雅子の歌い声が聞えて来るではないか。私は、その方へ急いで行って見ると、丁度十四、五間の向こうから、やゝ坂の石道を、雅子は学友三名の真ん中に、腕を組んで、元気に笑いながら朝陽を浴びて、足も軽く、朗らかに、工場の歌を歌いつゝやって来る。あのパジャマのズボンをはいて……。数日前私が、ラジオで聞いた工場の歌で、雅子に、

「あれは、いいなあ。」

と話した事のある、あの歌を歌って、元気に、顔には、えくぼさえ出して、歌って来る。私は、思わず、

「あゝ、うれしかった。」

と胸一杯の喜びをもって、その方に近寄ろうとすると、雅子達は、私の姿を見ると、一寸立ち

止まり、雅子だけが進み出て、

「マア素敵！　マア素敵！」

と大きく叫んで、私の方へ歩いて来る。私も、思わずうれしくなって、雅子の方に近寄る。この頃雅子は、よくうれしい時に、

「マア素敵。」

という言葉を出していたので、何か私の様子に、うれしい事を見いだしたのだな、という気がし、その意味は何だろうか、と私は、チラと考えたが、とにかく私が元気にしている様子を見て、こんな言葉を出したのだろう、と考えた。そして、自分も思わず進み寄り、雅子は急いで、私の所へ飛んで来た。私は、無事でよかった、と感謝の喜びを満身にこめて、とびつく雅子を抱きしめた。しっかり抱きしめると同時に、私は、全身から汗が出たように思うと、パッと目が覚めた。

――。

これは夢である。私の体は、冷汗でぐっしょり濡れている。

正夢か？

逆夢か？

これは、どうしても逆夢と感じた。

私は、一昨年高子が、病院で病重くなった時、確か成田山に参詣祈願した頃、やはり夜中に、ありありと、高子と私と、それに既に亡くなっている福岡の母と三人、太宰府神社かどこかの神社に、高子の全快御礼に参詣している夢を見て、翌朝目覚めまで、脳裡に残っていた事があるが、この時全快はうれしいが、母と一緒にお詣しているのは変だと考え、この夢は、母が庇護していてくれて、全快するようにも思われ、左様なるように念じていたものの、遂に逆夢となった事が、心に残っているのを思い出して、この雅子の事も、何だか、逆夢と思われてならない。これは、怪我をして、今死んだのだな、と全くはっきり、その心になった。もう諦めるより仕方はない。ホロリと涙が出た。今、息を引きとったのだ、と思って、私は寝たまゝ、すぐマッチを探って、懐中時計を見た。

午前三時五分前である――。

何だか、元気がなくなって、起き上がるのもいやになったが、しばらく縁側に腰かけて、ボンヤリしていた。辺りは、真っ暗で静かである。側には三、四人の人が、グー〱寝ている。私は、諦めるより仕方ない、と心に二、三度繰り返して、また仰向けになった。余程疲れは、ひどいと見えて、諦めよう――と考えつゝ、いつしか、また眠りにおちていた。

三　奇蹟の生還

その朝、何時目がさめたか、よくわからないが、朝早く女中しげの両親が、心配そうな顔で表から入って来た。茂木から夜明けを待って、走って来たのだそうだ。私は、しげは大丈夫だ、と言うと、二人共大変うれしそうな顔をした。しげが出て来た。泣かんばかりに喜んでいる。しげの里の茂木町では、昨夜から、長崎が全滅だと噂が飛んで、

「とても、しげは、生きていないだろうと、おそる〳〵やって来ました。空襲も、益々ひどいので、すみませんが、里に帰して下さい。」

と頼むので、私は、この場合本当に困るのではあるが、親心は、尤もと思って、言下に快く承諾して、

「直ぐに連れて帰りなさい。心配しなくてもよい。」

と言うと、親子三人、ホッとしたような顔で、感謝しつゝ、官舎を立ち去った。その時、雅子がまだ帰って来ない事を知って、いかにも、気の毒そうに出て行ったのである。

それから、戸外に出て見ると、陽は強く、負傷者、殊に火傷者の町を通るのが、ずっと続いている。実に、惨憺たる情景である。立山の方から、何人も何人も、足をひきずりながら、下りて来るものもあれば、他人に負われて、苦しい息をつきながら、やって来るものもある。担架で運ばれて来るものは、まだ少ない。火傷のものは、殆ど衣類がやぶれて、半はだかで、ひどい火傷の為、肉がムキ出ているものが多い。皮膚がブラ下って、丁度水蜜桃の皮をむいたような色である。そんな姿で下りて来るものは、とても正視するには忍びない。三菱の兵器が全滅で、女学生は全死だ、という声が私の耳にしばしば入る。

朝八時頃になっても、雅子は帰って来なかった。山本書記長が、やって来た。

「今女学校で聞いて来ると、今朝四十一人だけは、学校に通知があって生死が分かったが、他の何百人かは、まだ何とも消息がわからない。連絡がとれないのだが、そのうちにわかると思う。父兄が、学校に詰寄せているが、まだ、生きている者も多いと考えられるので、今しばらく待ちましょう。」

と言う。

また誰からか、

「三菱兵器の動員女学生は、警戒警報では待避しないで、空襲警報の時だけ待避するのだ。」

という事を聞いた。いよ〳〵本当に、雅子もやられているな、と考えた。夢の話は、誰にも話してはいない。諦めてはいるが、何とかならぬかなァ、と心はいら立っている。しかし私は、大切な長崎の役所を預っている。仕方はない。雅子は、諦めよう。役所に行って、職員を指揮しよう。これが、今の私の大切な職務だ、と考えて、一切を顧みない気になった。官舎の始末や、家財の事なんかは、どうでもよい。せめて、泰世や静子達が、福岡に疎開して、いなかっただけでも、仕合わせではないか。こんな気がすると、私はもう何も考えないで、職員二、三のものと裁判所の焼跡に急いで行った。


私の頭には、もう何物もない。足取りも元気に、裁判所の焼跡前にやって来た。丁度、控訴院の前まで来ると、田川務弁護士が来合わせて、今から大橋の三菱兵器に出かける、と言っている。だん〳〵聞いてみると、三菱兵器は昨日全滅して、今、沢山の死屍が、横たわっているという噂である。

「自分の娘も、この工場に行っていて、今朝まで帰らんので、もう死んでいると思います。これから、浦上の方は通れないので、山越しして、大橋に出て、せめて娘の遺骸を探して来ます。これだけが、今となっては、父親の勤めであると考えます。」

と言って、この人も、もうすっかり、諦めているようだ。

「私の娘も実は、兵器に行っているのですが。」

と話すと、偶然、田川弁護士のお嬢さんも、県立高女の三年生で、工場では雅子と同じような事務の仕事をやっている、との事である。

「それでは、お互いにだめでしょう。」

と話し合い、同君に雅子の名を告げて、手帳に書いてもらい、

「もし様子がわかったら、知らせて下さい。」

と頼んで、同君と別れようとしている所へ、ひょっこり、有浦書記が飛んで来た。

「所長さん、お嬢さんが帰って来られました。元気に帰って来られました。今、官舎で休んでおられます。怪我はしておられますが、大した事はないようです。」


（時に午前十一時半）

今の今まで、私の周囲を取り囲んで、吉田判事、其他四、五の職員が、私を慰めていたのが、一時に明るい顔にかえって吐息をついた。私は、うれしいというよりも、一寸茫然となったが、すぐに何とも言えぬ感謝と喜びの気持ちが、体中に漲《みなぎ》った。それと同時に、そこにいる田川弁護士に、何だか気の毒ですまないような心持ちがして、今度はこれを慰める言葉に窮したが、「とにかく、雅子も帰って来たのだから、女学生全死とは言えまい。是非早く、お出掛けになってお調べなさい。」

と激励して、同君が急いで、彼方に走り行くのを見送った。（後に田川君のお嬢さんも無事だったと判明した）

もう私の気持ちは、や丶落着いた。帰って来れば、生命は大丈夫だ、とや丶安心して、しばらくの間、庁舎の焼跡を見聞して後、急ぎ官舎に帰って来た。官舎の台所入口に、雅子が、林君の看護を受けて横になっているのを見た時のうれしさと、有浦君の言ったように、怪我は小さなものでなく、相当ひどいようであって、頭や額や首筋や、その他手足に血がひどくついているし、元気もなさそうにしているのを見て、一時に不安の念が起こったのと、この悲喜錯交の一瞬は、どうしても、言葉には表わせない。思わず、雅子の側によって、雅子をしっかり抱えてやった。

「よかった――。」

と言った事をおぼえているが、雅子が何と言ったか、今記憶はない。おそらく、

「お父様！」

と言っただけであろう。雅子も、涙ぐんでいた。私の瞼も、熱くなっていた。

雅子に聞くと、

「昨日、工場で空襲を受けて、工場はつぶされ、やっと逃げ出して、道ノ尾まで逃げ出して、山の中の防空壕で一夜を明かし、今朝は、四里の道を、殆ど裸足で歩いて帰って来た。浦上あたりの道路は、火焔と、人や、牛馬の斃れているのが、あまり残酷で、見る事も出来ないで、うつむいて、辿り辿り帰って来た。昨日の朝から、食事はしないが、何だか胸が一杯で、少しもお腹はすかない。」

と、それだけの事を話したが、それ以上はいやだ、と言って返事もしない。余程ひどい刺激と、恐怖に、おそわれた事がわかる。あまり可愛そうで、重ねて、何も聞く事が出来ない。静かに横に寝かして休ませた。その側には、雅子が着ていた上衣や、例のパジャマが、真黒な血だらけに染んで置いてあった。足の裏から、血が滲み出しており、頭は、林君が包帯で鉢巻きしている上

にまで、血が染んでいる。額は、一面痣のような色になっている。大変な負傷ではあるが、とにかく助かって来たのだ。九死に一生を得た、というよりは、全く奇蹟的に助ったと言う他はない。私は、神仏の加護という気がした。そして、その際率直に言って、亡き妻高子の霊が、雅子をしっかり護ってくれたのだ、と固く信じた。


午後の二時頃から、またしばしば敵機が来襲する。頭上を通るので、止むなく、雅子を表の防空壕に連れて行って入らせる。かくする事二、三回。丁度その時、福岡控訴院の次席検事が、裁判所見舞の為、昨夜を通して来着して、この官舎に来たり、雅子の様子を見て、

「こんな防空壕に、出入させては、死んでしまう。早く、裁判所の立退所の田上に移したがよい。」

と強くすゝめてくれた。他の同僚諸君も、皆同じように言う。かねて、空襲被害の際に、裁判所、検事局の立退所としてあった市外茂木《もぎ》町田上《たがみ》、徳三寺《とくさんじ》にある長崎青少年錬成道場に、昨晩から検事正家族も、立退いている事がわかっていたので、この日夕刻、山本書記長たちの手配で、県自動車局から自動車を廻してもらって、雅子に付き添い、自分と、林母子と、四人で、徳三寺にやって来た。その晩も、敵機はしばしば田上の上空を通過するので、同所の防空壕に待避するのが、雅子にとっては、大変な苦痛であった。

四　田上徳三寺

八月十日から、同月二十九日までの二十日間、田上の生活が続いた。そして、その間に八月十五日、停戦の大詔が下った。停戦になるまで、田上の山上では、長崎からの避難者が、路傍の防空壕に隠れたり、森の中や竹藪の中に、もぐり込んでいた。その数は、何百、何千とあろう。徳三寺の近くにも、竹藪の中にいるものが、数百人からいた。ひどいのは、泥溝の石橋の下に、竹を組んで、忍んでいる者もある。此等の人々の家族は、昼間はとに角、夜には燈火さえつけられず、群がる藪蚊の中に、疲労と睡眠不足との体を横たえている。敵機来襲毎に、ハラ〳〵した思いで、警戒している状況は、実に惨憺たるもので、これが数日つゞいた。

この田上に避難した翌々日、徳三寺の先生（杉山種雄）の紹介で、すぐ近所の養生園という病院に雅子を連れて行き、その院長蒔本優先生の診察を受けた。田上の清浄な空気と、徳三寺先生夫妻の親切と、それにたま〳〵この病院長の診察を受ける事になったのは、全く天祐である。当時の長崎には、医者もなければ、薬もない。かような山の中で、立派な医師の治療を受ける事は、とても予想しなかった所である。徳三寺から、林の間を潜って約半町、大きな立派な病院が出来ていたのである。

院長は、一寸風変わりな無口の方だが、一見して、中々稀な気骨のある立派な医者だと思われた。徳三寺の先生が、極力その人格を褒めていた事が、すぐ頷づかれた。自分と林君が、雅子を背負うようにして、この病院に来た時には、既に沢山の災害負傷者が、見るも気の毒な位に怪我をして、治療を受けていた。

診療の結果、まあ心配な事はあるまい、と言われたが、後頭部に一寸位の切り創が血で塞がりかけて、ひどく痛むようだ。左額から、左前頭にかけての打撲傷は、相当ひどく黒紫色に濃く広く痣のようになっている。殊に、両眼の縁は真っ黒く目ノ玉が、気味の悪いように大きく、すごく見える。両肱両膝、両足裏等いたる所に、切創やガラスの踏抜きがある。後頭部の切創は、余程、出血したものと見える。これが、もし口が塞がると大変だ、と言って、先生は無理に創口を開く。雅子は、非常に痛がったが、私や林君が、側から激励した。

前頭の打撲傷は、幸に皮下出血で、頭脳が重くなるが心配はなく、次第によくなるだろう。もし、これが内出血だと致命傷のものとなる所であった、と言われた。

しかし、この打撲による黒紫色は、三寸位もあって、あまりにひどいので、私は、

「どうしても左額の半分位は、必ず黒い痣が残る。雅子の顔も醜いものとなって、一生、この痣はとれまい。」

と心の中では、憐れにも思い、またそれでも、助かってよかった、と思った。先生は、余程注意を要する、と注意されたが、まあ心配は要らぬ、の一言で、やゝ安心して帰った。その頃には、もう私の負傷は、殆ど直っていた。

それから毎日、雅子はこの先生の治療を受けた。しかし、私は忙しくて、この病院について行く事は出来なかった。終戦の頃まで、雅子の容態は、次第に悪くなっていった。食欲も次第に衰えた。終日、極く少量の食事をとるようになり、時には、嘔吐を催す事さえあった。体温は、常に三十九度台となり、水枕で額を冷やし、寝たまゝ体を動かす事さえ困難となり、最早、敵機が来ても、退避する事が出来ないようになった。

雅子の寝ている部屋は、徳三寺の奥座敷八畳で、ここに雅子と自分は、一枚の敷布団に、また林母子も同様、一枚の敷布団に寝た。徳三寺の御主人や奥さんが、非常に親切な方で、いろいろ心配してくれ、新しい蚊帳や羽根布団まで出して下さった。その次の部屋に検事正、山井浩氏や、その家族が寝られた。離れの別室には、裁判所や検事局の職員約十名が避難していた。また寺の本堂では、錬成道場として少年十数名が毎日錬成を受けている。こんな工合で、実に大世帯である。錬成少年の二名が、交代で武装で徹宵境内を警戒してくれるので、どれだけ気が強かったか知れない。

八月十一日には、前述の区裁判所地下倉庫が、自然発火で全焼した。田上の裁判所仮事務所で、会議中であった私は、庄野監督判事からの急報で、四、五名と一緒に馳せつけた。消防隊の援助の下に、職員は、登記簿等の取り出しに夢中になったが、遂に水浸りのまゝ三分の二を取り出し、残部は焼失した。まことに残念である。勿論、私の一時預けていた木箱類は、殆ど皆焼失した。燻焦した少し許り倉庫内に散らばったのを、数日の後に取り出した。この焼け残りの写真は、今思い出の記念となっている。控訴院の地下壕に投げ込んだトランク二個は、無事に助かった。

その頃、私は、毎朝五時には起床し、殆ど、何時も警戒警報中を早めに下山して、裁判所の焼跡や官舎に行って、同僚や部下の職員と事務の連絡をとり、夕方は遅く官舎から食料等、米醤油類から手廻品まで、リュックサックに重く担いで、田上に帰って来る。約一里の坂道は、日頃の私には苦痛であるが、昼間は一切を忘れて、役所の御奉公に気を紛らわし、職員諸君の雅子慰問の言葉も、軽く受けていたものの、日暮れて、山路を急ぐ頃は、胸一杯、雅子の容態を気遣って、足は自ら早走りとなっていた。とても、日頃の私ではなかった。道を登りながら、映画の〝父ありき〟の場面などを思い泛《うか》べては、父性愛は何物にも負けない、と言うような勇気を振るい起していた。その勢いが、此頃は、自分でも不思議な程に元気であった。全く気が張っていたのだ。

道場に帰ると、必ず井戸の冷水を頭からかぶって、斎戒沐浴して、心に雅子の恢復を祈りつゝ、静かに雅子の側に行ったが、雅子は、いかにも終日、淋しく待ち侘びたような顔をしているし、容態が次第に悪くなって、丁度、二、三日目、養生園の先生から、

「淋巴腺に来ました。」

と言われた由、林君から報告を受けた時の私は、全く終日の疲労等は吹き飛んで、一時に悲しい気持ちになったものである。

或日は、早朝から夜の九時過ぎまで、二回も長崎の町との間を往復しなければならぬ程、役所

の仕事に追われた事もあり、雅子の側に添寝して看護しつつも、うと〳〵と眠った事もあった。殊に、淋巴腺の痛んだ時は、雅子が横に寝たまゝ、一寸でも頸部や背中を動かすと、切られるように痛い、と泣き出しそうに苦しんでいる晩は、殆ど一晩中寝ないで、私も、その背後に横になり、雅子の背中を指先で、撫でる位の軽さでもんでやった。もんでいると、雅子は、幾らか気持ちがよくなって、うとうとと眠り出す。それが何よりうれしかった。

淋巴腺の痛むのは、二、三日つゞいた。終戦当時、県庁や軍との関係があり、私は、長崎司法部の責任者として、これらとの会議、連絡等、連日多忙であり、昼間は、全く公務に追われていたので、病院の先生を訪ねる事は出来ないでいたが、丁度終戦直後、雅子の食欲が甚だ衰えた頃、何かひどい下熱の注射をしたとの事で、注射の際、雅子が貧血で倒れたと林君が非常に心配したが、その翌日頃から次第に下熱し、食欲が出て来た。殊に、その頃から、私の秘蔵している梅焼酎を、毎日少量、水を割って飲ませた。これは、数年前、亡妻が自分で作った上等のもので、雅子も非常に喜んで、うまそうに飲んで益々元気が増し、食欲も進んで来た。

そうなると、検事正夫妻やその家人、徳三寺の先生夫妻等も、一層雅子を慰め、注意してくれるようになり、容態は次第によくなっていった。十日目に、養生園の先生を訪ねると、

「もう大丈夫です。たゞ今度の爆弾は、毒ガスのようなものがあったと見えて、自分の所へ来る患者は、始め二、三人すぐ死んだ者もあります。その中には、私の親類もあって、これは外部の負傷というよりも、皆、胃腸等内臓の傷害がひどい。これが、今度の特殊の症状と思われ、全く警戒を要します。食欲なく、嘔吐を催すのが例です。しかし雅子様は幸い、内臓の傷害も止み、注射によって熱も下ったので、もう大丈夫、生命の心配はありません。しばらく静養なされば、よろしいでしょう。」

と告げてくれたので、始めて私は、心から安心し、感謝したのである。

その頃まで雅子は、被害当時のことを聞かれるのをとてもいやがっていたが、だんだん話すようになって来た。しかし、まだ頭は重そうで、記憶は充分、はっきりしていなかった。後で考えると、これ等が原子爆弾の被害の一症状であったのである。新鮮な野菜を徳三寺から下さるので、どれだけ喜んだ事であるか。茄子も生のまゝ、毎朝軽い塩をつけて、皆で嚙った。私は、一層勇気が出て、或晩の如きは、道場の少年達の中に入って、座談会を催したりした。吉川判事の奥さんが、田上に来て、一日、二日、いろ〳〵世話をして下さった事もある。また、女中であったしげが、自宅の茂木町から新鮮な梨の実を沢山持って、見舞いに来た。これは、雅子が、非常においしくいたゞいた。二十三、四日の頃、検事正達家族は、自分の官舎に下山せられたし、雅子も試みに、官舎まで往復して見たが、異常も起こらぬようであったし、医者もよろしかろう、との話であったので、八月二十九日、遂に思い出の多い田上の徳三寺から、雅子を中心に、私等は足もかるく、長崎の町へと下りて来て、官舎に立ち戻った。この頃には、最早、雅子の額辺の痣色が薄くなって、殆ど平常のように見えていた。私は、不思議に思った位である。この頃になって、長崎の爆弾が、いわゆる原子爆弾である事が明らかにされ、その被害も、全く従来の爆弾とは異なる事がわかったが、終戦当時の事情によるか、被害は軽微と、全く虚偽な事に報道された為、私の所には、殆ど何処からも、見舞の手紙すら、一本も来なかったのである。（後になって当分郵便不通であった事が判明した）

五　長崎を離れて

八月三十日、福岡の義妹、千代子さんが甥の嘉一と共に、突然官舎に見舞に来て、とても原子爆弾の被害が医学上ひどいものだから、雅子を是非福岡に連れて行くと言う。私は、それ程までにしなくてもと思っているうちに、次第に原子爆弾の医学上の症状が深刻なり、との噂が拡がって、いさゝか心配になって来た。

怪我一つ受けない者でも、パッタリ道路で斃れたり、浦上に死体を発掘に行った者さえ、一週間位で死亡している実例を聞くに及んで、益々心配になった。

連日豪雨がつゞく。官舎の建具の破れから、雨や風が室内を襲う。雅子が、また急に悪化して、時々、目まいがすると言って、全く元気がなくなった。心配して田上に走って、養生園の先生に聞くと、

「実は、御注意しようと思っていた所でしたが、雅子さんはこの際、二、三ヶ月是非静養して、無理な運動をさせないように。これが、一番肝要です。どうも、一般患者の容態がよくありません。」

と注意された。


その頃たま〳〵熊本医大教授世良完介博士が、当時裁判所の仮庁舎玉木高等女学校に、私を訪ねて来た。この博士は、私が東京で予審判事時代、東大法医学の先生として知り合っていた友人であり、私が裁判所の長官をしているのを知って、わざ〳〵見舞に来てくれたのだ。博士は、原子爆弾の患者調査の為、熊本医大より出張して、既にしばらく滞在、明後日熊本に帰るとの事で、雅子の話をすると、

「それは、是非、白血球を検査せねばならぬ。たゞこの際、長崎にいるのは絶対によくない。空気のよい海岸か山林地で、二、三ヶ月静養しなさい。」

とすゝめてくれた。


その翌日、新興善国民学校で、同博士の検査をうけると、雅子の白血球は、一八五〇しかない（普通六〇〇〇から八〇〇〇で、一〇〇〇以下になると、直ぐ、生命危険と言う）。赤血球は、三六〇万であっ

た（普通四五〇万〜五〇〇万）。これには、自分も驚いたが、先生も、患者と見るべきで、一刻も早く長崎を立退くよう、いろ〳〵と親切にすゝめて下さった。帰宅すると、すぐ千代子さん達に話して、これは一日も早く、福岡へ連れて行く他はないと決し、その翌日（九月八日）、取るも取りあえず、千代子、嘉一の両人に、たま〳〵福岡へ出張の森会計主任、山栄書記も同伴して、雅子は福岡へ発った。

私も、その頃（九月十三日）検査すると、白血球五二〇〇、赤血球二九〇万、ヘモグロビン九三％であって、白石部長や庄野監督判事より白血球も多く、元気一杯であったが、兎に角、私のように元気でも、白血球の少くなっているのには驚いた。白石、庄野両君は、カルシウムの注射を続けていたが、私は一回で止めた。必要ないと思ったからである。（九月十五日、雅子白血球更に減って一六〇〇となる。九月二十五日、壽、白血球五六〇〇、赤血球四〇〇万、ヘモグロビン九四％）

その後雅子は、千代子さん達の親切や、山田ソノ君の付添いの下に、九月二十日、九大澤田内科に入院し、経過良好（九月二十七日雅子白血球六一〇〇となる。十月十二日雅子白血球九四〇〇、赤血球二五〇〇万、赤色素六二％、体重三七キロ）。福岡の先輩、知友の方々（澤田部長、林主治医は勿論、柴田民之助氏、境挺三氏君等、列挙に遑《いとま》なし）の御援護の下に、病状も次第に快癒し、十月十八日、全快して退院。野間の自宅（母の別宅であった山荘）で休養し、昭和二十一年一月十二日、私と長男穰一に連れられて、雅子は懐しく、またいたましき思い出の長崎に帰って来た。そして、十四日から、また県立長崎高女に通っている。

後頭部切創のあとが、時々カユクなるという事以外には何の変わりもなく、勿論、額や目の縁にも痣のようなものは少しも残らず、前よりは体重も多く、ぐっと健康になって、明るく朗らかに通学している。

長い間、雅子の事を気遣って下さった校長山本千里先生が、衷心から喜んで、いたわるように迎えて下さった。雅子も幸福であり、私も、家族も、皆感謝に満ちている。

以上は、父として、全く感謝の記録にすぎない。私の夢は正夢であった。これは全く、神仏の加護により、また皆様の御懇情の結果によるものと、深く感謝している。雅子は、新しく生れ変わった心持ちと希望を抱いて、若き女性の道を元気に進んでいく。

完

二一・一・三〇　夜

あれから一年。夢の如く過ぎ去った今日、〝強き父性愛〟を読み終わって、またまた、感慨無量です。この二つの原子爆弾の記は、我々の、日本の、いや世界中の原子時代第一歩の貴重な体験記として、永久に保存さるべきものでありましょう。最後にこの欄から、石田雅子さん、石田壽氏に心からお礼を申上げます。

第Ⅲ部

『雅子斃れず』の周辺

第Ⅲ部は、「『雅子斃れず』の周辺」との章題を付した。その最初に、柳川雅子「このごろ」を収載した。このことは、全く、本人のご好意による。『雅子斃れず』は、兄への書簡形式に始まり、家庭新聞「石田新聞」に掲載され、そして六五年後の「このごろ」へと引き継がれた。一人の少女が、原爆投下後の六五年を一市民として生きた形が、この一書のなかに一括りとなったのである。このことは、日本の原爆文学において、類例のないことであろう。

そこには、次世代に託する深い思いがあるように感じる。そのことを、真っ直ぐに受け止めたい。そして、読者の方々が受け止めてくださるのであれば、と願う。

他に、第Ⅱ部に直接に関連する幾つかの文章を、併せて集録した。

このごろ

柳川　雅子（旧姓石田）

風薫り、青葉の眩しさにいのちの息吹を感じる季節がやってきた。今年も恒例の原爆被爆者定期検診がはじまる。長崎の爆心地近くで被爆した私は、今年七九歳で一人暮らしをしている。なるべく人に迷惑をかけることがないように、先ずは健康第一と心がけ、今年も検診の予約を済ませたところである。

たった一発の原子爆弾が長崎の上空で炸裂し、一瞬の閃光とともにあらゆるものを破壊し、灼き、何千という命を奪ってから、やがて六五年を迎えようとしている。当時一四歳だった私は、学徒動員で爆心から一キロ地点の魚雷を造る工場で働いていた。その瞬間、体は爆風に吹き飛ばされて、地面に叩き付けられた。からだ中に、ガラス、板、金属、何もかもが崩れ落ちて来た。首の辺りから吹き出してくる大量の血を片手で押さえながら必死で這い上がり、瓦礫《れき》を踏み越え、踏み抜いて、あっという間に火を噴き始めた建物の外に、辛うじて逃げ出すことが出来た。だがそこは、ほの暗い煙が一面に立ちこめて、見たこともない異様で恐ろしい地獄絵のような光景がひろがっていた。

東京から引っ越して日も浅く、おくてでぼんやり者の私だったので、数少ない友達や顔見知りも直ぐに見失い、恐怖に震えながら、右往左往して逃げて行く大人達のあとから、ただ夢中で走ったり歩いたりした。

そんな中で、私が裸足なのを見て、自分の下駄を片方脱いで差し出してくれた友人がいた。また、川を渡ろうとして足を取られそうになった時、手を差し伸べてくれた友人もいた。私は逃げ回るのに必死で、そんな友だちがいたとは覚えておらず、最近になって初めて知った。生きていればこそのことである。

被爆翌日、爆心地を歩いてやっとのことで我が家にたどり着いたあと、これが新型爆弾であったことを知った父が、直ぐ私を市内から郊外に、連れ出してくれた。原爆症が発症するとまた直ぐに私を長崎から転地させて福岡の病院に入院させてくれた。病漸く癒えて退院の時期が来ても、なかなか退院させてもらえず、私は不満だったが、そのことが十二分の静養に役立った。それから入院中、叔母が食糧難のその時代に、栄養のあるものを八方手を尽くし工面して私に食べさせてくれた。そんなことが積み重なって、今振り返れば、知らず知らずのうちに私の健康を守り、それが今日の幸せにまでつながっているのかもしれない。

恐るべき原子爆弾は投下後幾日にもわたって人々を放射能にさらし、辛うじて命をとりとめた人々をも容赦なく殺し続け、全く元気だった人たちの生命さえ次々と奪った。私たちの学年担任の先生は、当日たまたま爆心地におられず直撃を免れたが、その責任感から、毎日工場に通って行方不明の生徒たちを探された。無傷だった先生は間もなく原爆症に冒されて、若い命を落とされなければならなかった。そればかりか、今日に至ってもなお、多くの被爆者たちが原爆を引きずって不安を抱え、それが引き起こす病に苦しんでいる。

被爆直後のその記憶がまだ生々しく私の脳裏に焼き付いていた二カ月程あと、その頃東京に住んでいた兄に何度も促され、気が進まぬままやっと書き送った手紙は、やがて父や兄たちの骨折りで、『雅子斃れず』と題して出版された。私の周りには私よりもっと悲惨な原爆体験者が大勢いることを知り、私の経験したことは大変であったが、なんと幸運に恵まれ生き永らえたと思うにつけ、お気の毒な犠牲者たちに申し訳なく、出版はただただ恥ずかしかった。

ところが『雅子斃れず』は思いもかけず何十年にもわたって繰り返し世の中で取り上げられ、不思議な運命を巡って来た。今回、この古い本が再び横手一彦先生の目に留まり、この本のたどった道をもう一度見直してみようとのお申し出があった。現代の中、高校生に、同じ年頃だった私が書いた此の本を是非とも読んでもらいたい、先生が纏《まと》められる本が若い人たちを通じて平和の礎の一石となるかもしれない、といわれて私は熱意に動かされた。

昨年オバマ米大統領が核兵器の廃絶を目指すと明言して以来、私の経験した原爆の悲惨さを、そして命の大切さを、私なりに若い世代に伝えるべき勇気を与えられたような気がしている。あの残虐極まりない原爆については、出来ることなら今更思い出したくもないし、語りたくもない。しかし人間の尊厳を踏みにじられたまま、命を奪われなければならなかった無念の人々に代わって、私の書き残したものがたとえどんなに微力であっても、此の世界から核兵器を無くすのに少しでも役立つというのであれば、私はそのちからの一端となりたい。

今から三年前、私は五〇年余りを連れ添った大切な夫を彼岸へと送り、淋しくはなったが、隣には息子の家族が暮らしており、毎朝仏壇に「私ばかりが幸せな毎日でごめんなさいネ」と手を合わせては、自分の時間を自由にエンジョイして元気に過ごしている。健康のために太極拳をやり、時間があればプールで泳ぎ、嫁を先生に友達と白磁の皿に好きな絵を描き、パソコンを学び、短歌のグループにも仲間入りして、毎日時のたつのを忘れる程充実して楽しい。でも一度は死と向きあった人生である。これから先何時なにがおこってもそれはそれで受け入れなければと思う。

原爆の閃光を浴びて六五年、これまで元気で生きてこられたことのよろこびと同時に、被爆体験という重たいものをずっと持ち続けて来たことは確かである。今日の幸せがあるのは、家族や友人、その他大勢の方々の支えのお陰だという感謝の気持ちを、決して忘れることがあってはならないと、思いを新たにする今日このごろである。

忘れえぬこと

「助けてぇー」炎の中のそちこちにあがるを聞き捨て逃げしをゆるせ

水、みずーと声しぼりたる人の群れ灼けし裸に皮膚をひきずり

一夜明け黒焦げの死体るいるいと家路ふさぐも踏みこえ歩む

原爆に師や友あまたみまかりし平和祈りて年を重ぬる

花愛し新緑めでて今日までも原爆に負けず生きしいのちよ

平成二二年　水無月

あの日から一年　―日記より―

石田　雅子

八月九日、朝早くから曇りがちな天気。忘れることの出来ない原子爆弾の一周年である。早朝起床、身心を清め、真っ白な上着に、紺サージのスカートを着けて、さっぱりと髪を結う。妹たち二人には、水色の揃いの洋服を着せ、家族そろってお諏訪《すわ》様にお詣りをした。

十一時二分、重い鈍いサイレンのうなりが、時刻を告げた。今、ちょうど一年前の今であった。私が、あの考えても恐ろしい、熱い桃色の閃光を浴びたのは………。

台所で手伝いをしていた私の身体は、思わずこわばって、おのずから、頭の垂れるのを感じた。犠牲となられた四万の同胞のために、私の瞼は、固く閉ざされてしまった。サイレンは余韻を残して終わった。あゝ去年の今、私が気がついて顔をおこしたときは、一瞬まえまで、頭上をおゝっていたガラス張りの屋根は、土煙にすかして見える青天井と化していて、首筋からは、真ツ赤な血が、ドク〱と地面にこぼれおちていた。無我夢中で、足の上に積り重なったものから足を引き出して、恐ろしさにふるえおのゝきつゝ、ひしゃげた建物の下から這い出したのだった。

夕方は、昨年原子爆弾の際、いろ〳〵とお世話になったお役所の方々をお招きした。私も、皆さんと共にごちそうをいただいた。どなたも、私に〝おめでとう、おめでとう〟と繰返されて、私は、うれしいような、恥かしいようなきもちで一杯になった。お酒など召上られ、みなとても愉快そうで、はなしはいつまでも尽きそうになかった。

お客様方の帰られたあとは、急に、しんと静まりかえってしまった。どこからともなく、うるおいあるものあわれな尺八の音が、夜風とともに流れてくる。窓ごしに、星のまたゝきは美しい。清らかな尺八の音や、星の輝く空気にひたっていると、お気の毒にも、亡くなったおともだち、家族を失われたおともだち、傷ついたおともだちを思い出す。幸福な私は、何としてもこれらの方たちをお慰めしたらよいのかわからない。

あれから一年たった、――そのことを実感として抱きしめるように、私は星を仰ぐ。人間の生命《いのち》の不思議を思うのである。あの日の私の頭の傷がもし内出血を起していたら、私は今日、こうして、思い出を持つことも出来なかったに違いない。

亡き母が護って下さったのだという気持ちは変らないけれども、もっともっと割り切れない不思議なものが人間の生命の流れにはあるような気がしてならない。

あの日に倒れた多くの人たちの御めいふくを謹んで祈るとともに、私はこの不思議な何物かの力の前に、謙虚にお祈りを捧げようと思う。窓から吹いてくるさわやかな風にささやくように――。

（東京版『雅子斃れず』）

永井隆博士を訪ねて

石田　雅子

浦上の丘の上は、三月の末とはいいえ、まだ冷たい北風が吹きつけていた。

はるか右手の小高いところに、原子爆弾で崩壊した浦上天主堂の、赤煉瓦の残骸が見える。そのそばに、終戦後、新しく木造の教会が建てられている。このあたりの全景が、冷たい北風のなかに、わびしく眺められる。この丘と、あの天主堂の丘の間は、盆地のようになっていて、だんぐ〵畠のあいだに、ぽつりぐ〵と戦災住宅の小さなトタン屋根が見下ろされる。空模様は、灰色に曇っていて、いまにも降り出しそうな感じである。

さゝやかな菜園の小みちを進むと、左手にポツンと小さな家が建っている。本当に小さな、一坪ほどの、真四角な家である。家というより、寧ろ、お堂といった感じである。風が吹くたびに、立てたガラス戸が、がたぐ〵とやかましく鳴る。そのガラス戸に、「病勢進行中のため、面会謝絶　主治医」と書かれた白い張紙が目につく。永井博士のおうちである。白血病と闘いつゝ、刻々として近づく死に面しながら、原爆の記録〝長崎の鐘〟を始め、多くの名著を世の中に送られた永井隆先生のおうちである。

　半月ほど前、私が、あの重い眼の病気で床についていた時、永井先生のおつかいで、弟さんが、私のうちを訪問され、〝雅子甦れず〟の出版を一日も早く、と激励していかれたそうである。それで、大分眼のよくなってきた今日、そのお礼の意味もこめて、父や兄と一しょにこゝを訪れたのであった。

　私たちは、特に許されて、その小さな家のなかにはいることになった。私が、永井先生をおたずねするということを聞きつけた新聞記者の人たちが、記事をとろうとついて来るのが、身を切られるほど、つらかった。

「雅子が、先におはいり。」

　と父にいわれて、私は如己堂の障子のきわに立った。始めてお会いする永井先生、一体どんなお方だろう。日本中、いや外国の人々までが、〝聖者、聖者〟とたゝえている永井博士、きっと尊い、立派な聖《きよ》いお姿の方にちがいない。玉手箱の蓋をそっとあけるような魅力を感じながら、私はしずかに障子をあけた。そしてお部屋の中をのぞいたとき、全く呆気にとられて、一時、茫然と立ちすくんでしまった。ほんの畳一枚へだてた向こうに、余りにも私の予想に反して、まるで土のなかから掘り出された埴輪《ハニワ》人形か、渋い色の骨董品を連想させるような、永井先生が横たわっていらっしゃったから……。

しばらくしてからわれにかえり、あわてゝ丁寧にごあいさつをした。たゞ、二畳以外に何の出っ張りもない低い天井の一間、頭は壁につき、足はガラス戸にふれている博士は、全く油気もなく、痩せ衰えたお姿でいらっしゃる。もはや、呆気にとられているどころではなかった。先生が、声もかすかにふるえながら

「あゝ、いらっしゃい。まあお上りなさい。」

と、すゝめられたが、あまりにもお気の毒で、靴を脱ぐことさえも、しばし躊躇した。

周囲の人にうながされて、ようやく畳の上に座ったとき、私は思わず涙が出そうになって、先生のお顔をまともに見ることが出来なかった。眼をそらして、その狭い、二畳の部屋を見廻すと、向こうには、くぼんだ棚が設けられていて、多くの書類が、雑然と重ねられている。その横の方に、〝ロザリオの鎖〟、〝この子を残して〟、〝亡びぬものを〟、〝生命の河〟、〝長崎の鐘〟などの数冊が、並べられていた。棚の隅々は、聖母マリヤの小さな像と、黒い十字架が立っていた。枕もとには、大きなラジオが据えられ、その横に、呑み干した湯のみ茶わんが一つころがっていて、先生の日常の生活の一部がしのばれる。置時計が寝ていらっしゃるところから、いつでも不自由なく見られるように、天井の片すみに、小さな棚をつくって、おいてある。

私は、胸が一杯で、ことばも出ない。父と兄とが、かわる〴〵に何かお慰めのことばをのべている。兄は、帰省前、東京で見てきたばかりのバラ座の〝長崎の鐘〟公演についてはなしはじめた。そのとき、はじめて先生のお姿を、まともに見た。なんとお痩せになっておられるのだろう。あまり痩せていらっしゃるので、眼ばかりが、きもちの悪いほど、ギョロ〴〵として、手くびから先は八つ手の葉のように大きく感ぜられる。時々苦しそうに息をつかれながら、それでも兄の話す〝長崎の鐘〟の実演の好評を、うれしそうに一つ〳〵うなずいて聞かれる。ふと気がつくと、お腹が山のように盛り上がっている。いつかお写真で見たときは、まだ腹這いになって、原稿かなにかを書いておられたが、今はとても腹這いになられそうにもない。仰向いてでさえ、苦しそうに肩で息をつかれる。私は、先生の御本がベストセラーで、世の人々の人気を、あれ程よせられているが、読者は先生に対してどんな気持で読むのだろうと、考えた。おそらく、こんな大きなお腹をかゝえて、字を書くことさえ容易でないことまで、考えながら読む人は少ないだろう。

やがて、先生は私の方に話を向けられる。

「雅子さん、長崎で、原爆の著書は、あなたの本と私の本とたった二つだけなのですよ。」

そんなことばは、私に堪らなく勿体なく思われて仕方がない。恥ずかしくて、じっとすわっていることも出来ない。

「だがね、あれだけで止めちゃいけない。もう一度、書くんですよ。僕はあなたが書かないときは、あなたが遊んでいるとしか考えませんよ。僕はそう考えますよ。しかしね、僕たちは、二人ともいわば旅人なんだ。生れながらの長崎の人じゃないんだ。長崎の土に対する愛着が少ない。どうして土地の人が書かないんだろう。しかも、あなたは患者、僕は医者、これじゃ後世の人たちが、長崎の原子爆弾は、医学界にだけ落ちたと考えるでしょう。どうしてみんなは書かないんだろう。いや、文筆家は書けないんだ。社会の批評がおそろしくて。僕たちは、素人だからこそ、書けたのだ。原子爆弾で染った泥と、あかと、血をぬぐって、それをそのまゝ文章に連らねた僕たちの記録なんだ。それに人々が飛びついてくる、不思議なくらいにね。

僕はね、世間の人にかつぎ上げられているかも知れない。実際、上げられているんですよ。僕は自分でそれを知っているんだ。しかしね、わたしの書いた本が映画や芝居になったりして、そのために、どれだけ多くの人たちが食べていっているかわからない。その人たちが、疲れ果てた仕事の帰りに、酢ダコの一皿に、カストリの一杯でも楽しめば、それでい丶じゃありませんか。僕は容易に書くことが止められないんだ。」

切れぐ〵に苦しそうな語調ではあったが、そういわれる一つ一つのことばは、私の頭にしっかりと刻み込まれた。私はふと、いつか二、三の友達と、永井博士についてはなし合ったとき、一

人の友達が、

「永井さんは、時代便乗者だから嫌いだわ。」

と言ったのを思い出した。他の一人の友達が、

「でも、あれだけ有名になるには、やっぱりそれだけの偉いところがあるからだと思うわ。好き嫌いは別として、偉い方と思うわ。」

と、主張した。それらのことと、今の先生のおことばとを比較してみた。そして、私は、先ず第一に何をおいても、永井先生はほんとうに偉い方だといゝたかった。

お身体は、全く見るもあわれに衰弱しておられるが、お考えは、ほんとうに逞しく、生き〲していると感じた。そのなかにひそんで湧いてくるものが、実に立派だと思った。先生は更にことばをつがれる。

「あの爆弾で死んだ人たちは、どんなに、叫びたいか知れない。平和のためにね。僕たち生き残ったものは、かれらに代わって、世界に叫んでやる義務があるのだ。ねえ、雅子さん、僕はそう思っていますよ。」

私は一こともものをいわずに、黙って先生のおことばにうなずいていた。そのあいだにも、こんな立派な先生が、やがてはこの世を去っていかれなければならないのかと、ちらと考えて、ほ

んとうに惜しい、かなしいことだと思った。私たちのためにも、そしてこの先生の幼いお子さんたちのためにも――。

写真班が、いくつかの写真をパチ〳〵とやっていたが、今はそれもあまり苦にならなかった。ただ、こんなに偉大な先生と対面して、こんなに親しみあることばでおはなしを聞いていることが、身にあまる程、勿体なかった。

「人間には苦しみがある。その苦しみを、ごまかすのでなく、それに耐えていくところに進歩があり、発展がある。ドストイェフスキーだって、曾我廼家五郎だって、サトー・ハチローだって、みんな苦しみがあった。そこに作品が生れるんですよ。

雅子さん、成長した今のあなたが、もう一度筆をとられて、是非原爆記を書きなさい。あの夜を明かした防空壕の中だけでもいゝ。やけどの深堀少年や、朝鮮人のおばあさんなどのところを、もう一度、もっと〳〵深く掘り下げて描いて見るんですね。立派にまとまったいゝものが出来るでしょう。今度書くと、あなたの脳裡に強く残ったものだけが、芸術的に綴られることだろう。僕は、それを望んでいますよ。」

こうした先生のおことばは、泉のように次から次と湧き出でて、なかなか尽きそうにもない。父が、先生のお身体に障ったらいけないからと、うながしたので、私たちは、名残り惜しく、静かに立ち上ゝった。

「どうぞ、どうぞお大事に。」

そのことばが、私の先生に向かって発した最初のことばであった。そして、もうそれ以上、なんにも言えなかった。たゞ、心からのおじぎを繰り返した。先生は苦しそうなお顔を少し枕からもち上げて、頭を下げる様子をなさった。狭いお部屋のなかから、兄たちが出たあと、私は先生のお顔をじっと見つめながら、静かに戸を閉めた。

外は冷たかった。遠く、天主堂もうすら寒く見えた。

翌日、新聞社より電話があり、昨日の写真が失敗したので、今日、もう一度とりなおすから、永井先生を訪ねてくれという。私は都合をつけて、今日は花束をもってお見舞にうかゞった。

先生は昨日ほどお元気がなかったが、私のもっていった花を、ほんとうにうれしそうに受け取られた。赤いカーネーションが、先生の頰のそばで、かすかにふるえていた。

「ほんとうに有難う。じゃあ、僕は雅子さんに僕の本をあげよう。この間はお父さんにあげたから、今日は、雅子さんに。」

そういって、先生は仰向いたまゝ、一冊の〝長崎の鐘〟の扉表紙をひらき、棚からつり下げて

あるボールペンを使って、

雅子様　　永井隆　一九四九・三・二七

と、ふるえる手で署名して渡された。私は、本当に、うれしくおしいたゞいた。

「写真のうつし直しなら、僕が雅子さんの〝雅子斃れず〟を持って、雅子さんが僕の〝長崎の鐘〟を持って見ているところを、写してもらいましょうよ。取りかえっこしたところをね。」

先生は、そうい、ながら、そばの書棚から、いつか私の方より先生にお贈りした〝雅子斃れず〟を取り出し、それを開いて読む格好をなさった。

写真班は、こゝぞとばかり喜んで、私たち二人をカメラに写しとった。

永井先生!!　私は先生を心から尊敬する。

如己堂を離れた私は、この尊敬する先生からいたゞいた御本を、ソッと脇から抜き出して、表紙を見た。真ッ黒な表紙に、真ッ赤な雲！　あゝ、世紀の雲をうつした表紙は、私の胸に何か強いものをもって、迫ってくるようだった。

（東京版『雅子斃れず』）

深堀少年と平さん

石田　雅子

「あゝ、あゝ苦しい、死んでしまいそうだ。水バ、水バ呉れんですか、水、水、水バ……。」

と、あの傷つけられた深堀少年が、一点の光もない暗黒の冷たい壕のなかで、たゞ、野獣のようにのたうちまわっていたおそろしい雰囲気が、そしてあの子のべとつく半身と、私の半身とのふれあいが、今も私の心によびおこされてくる。戦争の悲劇の縮図を、あの小さな壕のなかに私は見た。

あのとき、私は、どうしてあの子のために、水を汲んで来てやらなかったのだろう。もし、あの子に、水をのませてやったら、どんなに、よろこんでくれたことだろう。おなじ死んでゆく身なら、少しでも、よろこびを与えてやればよかった。いくら、負傷していたとはいえ、再びたち直ることのできる自分と知っていたなら、死すべきもののために、どんな手助けでも、どんなあわれみでも与えるべきであったのに――。でも、わたしは子供だった。まだ、なんにもわからなかった。たゞ、あの子の叫ぶこえをおそろしく聞き、あの子のふれる肌を、気持ちわるく感ずるばかりだった。

恐ろしい一夜を、あの壕に明かして、ようやく朝になったとき、その入口にすわっていたあの深堀少年!!　ちょうど、ジャガイモの腐った皮を、引きむいたような火傷の肌が、今でも生々しく心に残っている。

「姉さん、はやく諫早に行こうよ。」

とまるで、弟のように親しげにはなしかけたあの少年。あの子を最後に見たのは、たしか、壕の入口にあった石の上で、セメントの袋を着せられて、すわっていたときだった。私が見知らぬおじさんに連れられて、市内に帰ろうとしたとき、どうして、私はあの子を連れて帰ろうとしなかったのだろう。私は、そのわけがわからない。運命の神が、私たち二人を、もうその時すでに、生と死の二つの道にわけてしまっていたのかもしれない。

深堀さん！　深堀さん!!　ごめんなさいね。馬鹿だった私を、許してね。

四月二日の夜、明日は〝雅子斃れず〟の出版記念会があるので、早く起きなければならないというのに、私は、こんなことを考えて、何時までたっても、床の中で眠られなかった。

その日のひる過ぎのこと、一人の見知らぬ若い女の方が、私を訪ねて来られた。

いろ〳〵とおはなしを伺ううちに、思いがけなくも、その方は、あのトンネル壕で運命の日の一夜を共にした深堀少年のお姉さまであることがわかった。一しょに逃げたり、歩いたり、汽車にのったり、おりたりしているうちに、何時となく知った〝深堀〟という名前、飽の浦の住所、〝長崎商業〟の生徒、というようなことを覚えていたまゝに私の本に書いていたのを、その方が、たま〳〵読まれて、それが自分の弟であるということを、知られたというのであった。

「名前を、光昭と申しました。」

お姉さまは、おさえるような小さな声でいわれた。

「深堀光昭です。光昭は、光昭は死んでしまったんです――。」

はっと胸を突かれて、私は、ことばものどにつまった。あの日、別れてから三年間、私は深堀さんの姿を思い出すことが、よくあった。そのたびに、あんなひどい火傷だった深堀さんは、きっと亡くなられているにちがいない、と考えて、心さびしく思っていた。けれども、どこかに生きていらっしゃるような気もして、いつか消息のわかる日も来るかも知れないと、半信半疑の気持ちで思い慕っていたのに……。

「雅子さんのご本を読んでいましたら、弟のことがわかって、ほんとに、一晩寝ずに本を読みました。泣けて〳〵、なかなか字が見えませんでした。でも、ほんとに、あんなに本に書いていたゞいて、光昭も倖せ者です。同じ亡くなられていった方々でも、世間のどなたにも知られずに、去っていかれた方が多いのですから……。弟は、あれから、偶然一緒になった友達と二人で、諫早に行ったらしいんですの。それからあとのことは、そのお友達が、今は元気になられたので、様子を聞きました。でも諫早で降りず、肥前長田まで行ってから降り、長田小学校の仮救護所に、参りましたそうです。翌朝、父がずっと探して〳〵尋ね歩いて、やっとこゝにいることがわかったのですが、どれもこれも同じようにひどい火傷の人たちで、一体どれが、光昭かわかりませんでした。そして、ようやく、あの子によく似たまっ裸のこどもが、うつぶせになっているのを見つけたので、おこして見ると、果して、光昭でございました、――でも、でも、もうそのときは……。」

深堀少年のお姉さまは、あとは言葉にならずうつむいてしまった。私は、何とも答えることが出来ず、心の中でまた「ごめんなさいね、ごめんなさいね。」と繰り返していた。やがて、お姉さまはつづけた。

「友達と一緒になってからのことは、こうしてわかりましたが、やられてからその時まで、一体どこでどうしていたのか、一寸もわかりませんでした。先日、雅子さんのご本をみて、始めて知りましたの。これ、あの子の写真でございますが、この子にまちがいないでしょうか。」

ふるえる手に、さし出された深堀少年の写真は、さびしそうなまなざしで、こちらを向いていた。でも、私がそれを見て、あの時の形相もかわった全身やけどの深堀少年だとは、どうしても、わかろう筈がなかった。けれども、私はその写真に向かって、

「深堀さん！」

と、心から呼びたかった。

その翌日は、長崎精洋亭で〝雅子斃れず〟の出版記念会が催された。雨降りだったのに、長崎中の多くの名士の方々やその御夫人たち、あるいは文化人達、あの原爆の閃光を、私と共に浴びたお友達や、知り合いの方々が、百名あまりもご出席下され、盛大な、感激にみなぎりあふれた会であった。

新聞社の方の司会で、会は進行した。父の挨拶が済み、兄のことばも終わって、いよいよ私の立つ番となった。耳まで紅潮して、胸がさわいだ。でも、何とも説明のしがたい嬉しさの気持ちを、どうすることも出来なかった。私は、深堀さんのお姉さまの、訪問のことから、天に召された深堀少年のことについて、はなした。今までのうれしさはうすらいで、胸が、一杯になってくる。私のちょうど真正面に、昨日いらっしゃったお姉さまが、坐っていらっしゃるのを、ちらと見た。お姉さまは、泣いていらっしゃった。真っ白なハンカチが、ちか〱と、私の眼を射るよ

うだった。何かゞ、強く胸に、こみ上げてくる。一ことごとに、言葉が、つまってくる。それをおさえることが出来ない。あちらこちらからすゝり泣きの声がおこる。私は、ます〳〵声が小さくふるえだして、とう〳〵何んにも言えなくなってしまった。

私の小さな、つまらぬ一冊の本のために、もったいない程、多くの方々が、つぎ〳〵に祝辞をのべて下さった。やがて、司会者は、深堀さんのお姉さまにも、何か一ことを、と促した。お姉さまは、すぐ、しずかに立上られた。一堂が、急にしんとしずまりかえる。ほそ〴〵とした声だった。

「あの、あの――、私は……あの、深堀の姉……姉でございます。」

わっと、その場に泣きふして、あとは無言のことばと、涙の挨拶であった。だが、私には、そのなかに言おうとなされたお気持ちが、いや、それよりも、もっと〳〵深い、大きなものがよくわかっていた。

感激の嵐のなかに、涙の出版記念会は、幕を閉じた。

いつか、戸外は雨もやんで、ちぎれかゝった雲と雲との間から、金色の光線が、石だたみの道を、明るく照らしていた。私は、その道を、ゆっくりと、歩いていった。

数日後。

あの原子爆弾の、恐ろしい巷のなかにあって、わが身をもかえりみず、涙ぐましい愛の手をさしのべて下さった、『平さん』に、私がたった一ことでもい丶から、お礼をのべたいと、いつもいつも、心に念じていたので、父や兄が、八方に手をつくして、さがしていた。

その方らしい人が、ようやく、三菱精器の調べでわかり、その住所は、南高の土黒村あたりと、思われるというので、その近所の方に、重ねての調査を、おねがいしていた。

ところが、その方から、厚い封書が、父のもとに送られてきたのだった。

なかを開いて、ひろい読みし、平さんの〝死亡〟という文字を見出だして、ほんとうにびっくりした。あんなに元気で、働いていらっしゃった平春義さんは、あの夕闇の中に〝さようなら〟と、別れてから一月の後、原子症状のために斃れてしまわれたのだった。

私の周囲に、舞台の上の役者のように次々と現れて、あの運命の日を、共にすごした人々は、私をのこして、又次々と、昇天せられてしまった。あの、幼い深堀少年も、そして、やさしい平さんも——。

私の小さな体験が、私にほんとにいろいろなことを考えさせる。それらが、声をあげて四方から私に押しよせてくるような気がする。私には未だ考えの足らないところがあり、私の小さな頭の中は、その押しよせてくるものの勢いにみだれることが多い。けれども、私はたえず真剣に、それらに向かっていたいと思う。私が一生中かゝっても、その深さは探り得ないかも知れないが、私は、私の力が及ぶ限り、謙虚な努力を怠ってはいけない、と自分に言いきかせている。

ほんとの平和とは何であろう。戦争は一つの悪夢であった。問題は戦争が終ったところから、さらにはじまるのではないだろうか。まだばくぜんではあるけれども、いまの私には、「人間の幸福」という大きな問題も出て来ている。そのことのために、私の長崎での体験は、大きな役割をもつものである。それが更にひろがって、私だけの問題でなくなるだろうことも、私は考えないではいられない。私は私の問題を手さぐりつゝ、あの桃色の閃光が、再び繰り返されないために、たえざる祈りを捧げたいと思う。

（東京版『雅子斃れず』）

天地桃色に閃く

石田　雅子

南国長崎の美しき夢を破る原子爆弾の落下された当時の無残な光景は二年経た今日まで私の小さな胸の奥底に深々と刻み込まれている。思えば丁度二年前の今日、私は大橋三菱兵器工場で学徒動員として勝利を夢に見つつ、働いていた。八月九日十一時二分、世界の歴史的時刻である。そのとき一瞬後に起こるべき恐しい出来事を神ならぬ身の私が知る由がなかった。

〝あっ！〟と思ったその瞬間天地は一時にして桃色に閃き轟然たる地響きを立てて工場は破壊した。爆風に破散するガラスと共に私がバッタリと地上に倒れたとき最早数名の先生方は見るかげもなく死んでおられたであろう。最早多くの学友は放射線の光に倒れ泣き叫びつつ絶命せられたであろう。そして幾多の同胞は潰れた家屋の下に骨を砕いて眠られたであろうものを……私は出血のひどい頭部の傷をしっかり左手で押さえながら鮮血にまみれてシャニムニ起き上がり、工事用の潰れた上を越え間をくぐり抜けて生きた心地も無く必死で逃げ出した。天地四囲は火焰に染み黒煙に包まれ血なま臭い匂いと泣き叫び苦しみわめく人々の気息えんえんたる唸り声が入り乱れ全く生きながらの地獄であった。漸くにして道路らしき所に知る人もなく唯一人逃げ出してきたとき砂をかぶった草の上、血のにじんだ土の上崩れかかった石橋の上には死屍累々として横たわっていた。

原子爆弾の面影を残してそのため荒れ果てた部屋に唯一人ぽつねんと腰掛けて机に向かっていると当時の悲惨な情景があたかも走馬燈の如くほうふつとして眼前の雲の中を走る。世界平和の礎を築くべくその犠牲となって、わが長崎は雄々しくも痛ましくその麗しきみどりの姿を放射線の中へさらしたのである。そして尊い幾万の生霊は、死すべき私を残して世をさってしまわれた。爆心地において奇跡にも一命を取り止めた私は今二年前を回顧するとき感慨無量なるものが胸に迫る。

夕やみは長崎の家々を包む。どこからともなく物哀れな尺八の音が潤いを讃え流麗な響きを浮かべて夜の風とともに流れて来る。ああ港長崎に平和は蘇って来た。宇宙の星のまたたきは、再び長崎の夢となって訪れて来た。私は過去における原子爆弾の恐ろしき出来事を追憶すると共に、あたたかくみなぎる平和を身近に感じその永遠なることを信じ乞いねがうのである。

（『新九州』一九四七年八月九日）

夏草

石田　雅子

この間群馬県榛名湖畔の高原を訪れた。広々として草原にユリ、ワレモコウ、ツリガネ草など数知れない高原植物が一昔前、小学生のころに訪れた時そのまま美しく咲き乱れていた。高原の草花は、かれんなのになんと根強い力があるのかと私はすっかり胸を打たれた。そしてふと、長崎の浦上に夏草の茂っていた道を思い出した。

原爆が落ちてからちょうど四年目の夏、朝早く爆心地近くの細い道を独り歩いたことがある。その時朝露にぬれた草を踏み分けながらかつてせん光に根こそがれ十年の不毛の土地と騒がれたこの辺りによくも柔かな青い葉が根強く繁ったものだと考えた。悲惨の歴史を秘めたような雑草と、静かな自然の美しさに色なされた榛名の高山植物とにも不思議に何か通じるものがある。

今年も「八月九日」がめぐってきた。年ごとに私達は犠牲となられた方々に代って何かしなければならないと思って来た。しかし一体どれだけ素直で積極的な働きをして来ただろうか。あの大きな破壊力の前には人間の善意や美というものは本当に小さなものかも知れない。しかしいつも変らぬ高原の草花の美しさや破壊の中から伸びてきた夏草の力強さを思いあわせると、小さくとも私達は激しい世界の動きの中に一人々々の力をしっかりと育て平和を守り抜く根強い力に盛り上げなければならないと思う。

（『毎日新聞』一九五三年八月九日）

原爆の日に憶う

石田　雅子

長崎の夕なぎも忘れられないが、こゝ京都の夏のまひるはまた殊更に堪え難い。太陽は燃える焔のように地上に焼付き、人々の心はともすると乾き切って来る。

八月九日は九たびめぐって来た。毎年この日に思うことはいつも同じだった。ともに原爆を受けながら生き抜くことの出来た私は、犠牲となられた多くの方々に心からの祈りを捧げ、それとともに次の原爆の悲劇を絶対にくい止めるために、強い力とならねばならないと誓うことだった。

今年もまた、同じそのことを焦燥と不安と一層強い願望をこめて考えないではいられない。しかし一体何をすればそうした力になり得るのだろう。社会国際情勢はあまりにも複雑で、果して何をなせば正しいのか、それさえも判断が難しくなって来た。それでいて、日一日と世の中は動き、緊張の度を増してゆく。

こうして私達一人一人のあくせくとした毎日が疑問のうちにそのまま過ぎて行けば、取り返しのつかない結果になりはしないだろうか。

あの日、地獄のように苦しく恐ろしい原爆の巷の中で、他人を救おうとしてあたたかい心を投げ出した人々のことを想い出してみる。

まだ十四の少女だった私が、恐怖におびえ、血だらけになって草の上に寝ころんだ時、肉親のように世話をしてくれた青年。爆心近い真っ暗な防空壕の中で、いたわってくれた朝鮮の人。

どこからか、カタパンやむしろや麦飯を運んで励ましてくれた軍人などのあったことを、私は忘れることが出来ない。

そうした人々の中には、やがて自らが放射能の犠牲になってたおれてゆかれた方も多いのだった。

原爆がもたらした恐怖と悲劇は、私が体験したもの以上に激烈なものであったのだが、もしあの生地獄の中であたたかい心を示すものが無かったら、それは原爆そのものの恐ろしさに加え、もっと悲惨な人間の極地を見なければならなかったのであろう。

苦しみにひしめき合った人の世で、それだけがいてついた咽喉をうるおしてくれた。毎年、この日がめぐって来るたびに、同じようなことを繰り返し考えながらも、今年はひとしお強く、わが身を投げて救った方々の気持に打たれる。

近頃、街ゆく人々は、その姿こそ美しくなって落付きはらったように見えるかもしれないが、毎日新聞を読むたびに、貧しい利己心に捉われた人が何と多いことかと歎かないではいられない。

もちろん、社会の色々な問題を含んではいよう。だが、皆が自己本位の欲求をほしいままにするために、種々の紛争がそれからそれへと波紋をよんで、抗することの出来ない時代の流れに乗ってしまうのではないだろうか。

何というさくばくたる世の中になったことだろう。そんな中で、ただ自分等が恐しいから戦争を起させまいとか、原水爆をつくらせまいとか叫んでいるだけでは、空しい努力にすぎない。

一切の利害をこえて、苦しみに追いつめられたむき出しの人間同士が助け合ったのと同じ心を、人と人、国と国との間に湧き上がらせなければ、解決への道を見出すことが出来ないのではないかと思う。

その出発は自分自身が、身近な人々の苦しみの心に、うるおいを流しこむことによってはじめられるのではないだろうか。

（『長崎民友』一九五四年八月九日）

平和な朝に想う

柳川　雅子

今年の夏は殊更に暑さが厳しい。朝だけが生心地するような気がする。新聞配達の少年が通り、牛乳屋の小僧が自転車を走らせ、豆腐屋のラッパが鳴る。「おとうちゃん、いってらっしゃい」今朝も又、筋向かいの家の子の声がする。「いってくるよ」。靴音は道路の上を遠ざかる。「おとうちゃん、いってらっしゃあい」子供は大声で叫ぶ。次第に大きな声でいつまでも、いつまでも子供の叫ぶのが止まない。垣根ごしに向こうをみると、門の前に若い母親の片手をとった小学生の男の子が、もう一方の手を振上げて豆粒のように遠ざかってゆく父親にまだ叫びつづけている。「おとうちゃーん、いってらっしゃあーい」。まるでこれが最後のお別れだと言わんばかりの熱心さ。やがて蟬が鳴きはじめる。「八月九日」。あの日が、もう十年むかしのこととなって、今年は東京で迎える。まるでついこの間の出来事のように思えてならない。あの向かいの家の子はおそらく戦争の恐ろしさを何も知るまい。そう考えあわせて、初めて年月の流れを感じ取る。

十年の月日を経てなお、原爆をうけた人々の恐怖、不幸な人々にもたらされた悲劇は今も後を絶っていない。雲のようにおしひろがっている。

近頃になって漸く世間の人達の関心は少しずつ高まり、原子爆弾の恐怖を二度とこの地上にもたらす事のないようにとさまざまな運動が、積極的に活発に、世界各地で起って来た。痛々しい爆撃の傷をまだ全身に残している不幸な人たちを治療したり世話したりしたいという希望者が国境を越えて次々にあらわれているという心温まる話などもきくこの頃ではある。

しかしそういう救いの手とても取りかえしのつかぬ不幸を負わされた全部の人々の心をいやしおおす事はとても出来ない。あの日、私たちがこの身で受けた原爆の恐ろしさ、それよりもっと大きな恐怖が、人の目に見えぬところにも、根をおしひろげていることこそが、一層深い意味を持っているのではないだろうか。

暑さにもめげず、夏休みの子等は、やがて蟬取りの竿を携えてかけ出してゆく。筋向かいの家の子も、いつの間にか父親によびかけるのを止めて二輪車にまたがって遊びに出かける。戦争を知らないあの子等が、一生それを知らないままであって欲しいと願うのは私ばかりではあるまい。

今年もまた、切なる願いをこめて、同じ原爆の下から生き抜いて来た数多い友に、少しでも多くの幸福が訪れるようにと祈らずにはいられない。

（『長崎日日新聞』一九五五年八月一〇日）

父のことば

石田　壽

この書は私等父子の家庭記録である。

長男穰一が、今から十二年前、丁度小学校五年生の頃に、家庭内のニュースを書き〝石田新聞〟と言って、私共に見せていた。

もとより子供の遊びに過ぎないので、私等は何時も笑っていたが、其後も、穰一は一人で熱心にこの遊びを続け、中学に進んでも、又戦争が始まっても、高等学校に入ってからも、矢張り止めないで、次第に其体裁を整え、小さいながらも四頁位に、家庭や親類の近況、自分の感想等を克明に謄写版で書き上げては〝石田新聞〟として近親等の間に回覧した。そして漸次遊びの域を脱して、仲々馬鹿にならなくなった。親類の間でも非常に興味を持ち、殊に通信の不便が多くなってからは、疎開先等の有益な連絡ともなり、みんな、穰一に感謝する様になった。今ではこの長男も大学生となり、この新聞も発展し、二百二十号にもなっている。

妹である長女の雅子は、昭和二十年八月九日、長崎で原子爆弾の災難を受け、間もなく福岡九大病院に入院したが、その入院中東京の長男から屢々促されて、病床の上などで、走り書きに遭難の体験記を書いて送った。兄は早速『雅子斃れず』と標題を付けて、当時の〝石田新聞〟に連載した。

其翌年一月、長男は長崎に帰省して、今度は私の許に来て、当時のことを話して呉れと云って筆を執った。長男が二晩かゝって速記し、文章に直したものが『思い出を語る』(本書「強き父性愛」――注記)の一章である。長男は又自分で『爆心地を行く』と言う詩を作って、共に〝石田新聞〟に掲載した。

これ等に依って、東京、福岡、岡山等に居る親類達には、其頃被害当時の私の家庭の状況が詳しく判り、殊に雅子が一昼夜、死の放浪を続けて、如何に闘ったかを知って、今更の如く驚嘆、同情した。

こんな訳で、これはもともと全く私等の家庭記録に過ぎない。それで偶々これを読んだ知友達から出版を勧められても、始めからそんな意図もなかったし、第一、雅子自身之を公にすることなんか恥かしがっているので、暫くそのままにしていた。

然し其夜、これは一家庭によって、当時の長崎の一斑を知る記録ともなり、又嫌悪すべき戦禍を通じて、人間愛と真の平和を希求する意味にもなるからと、しきりに勧める方も多いので、思い切って出版すること丶した。

父の思い出話は言わずもがな、雅子も今は県立女専に進んでいるので、この幼い手記を見ては、書き足し度いことや、直し度いことも多く、殊に、自分のこと以外に先生や学友多数の気の毒な方のことも書き加え度いと言っているが、これは女学校三年生で当時十五歳の一少女の手記として、其のままの方が却って興味があると思われるので、新仮名づかいにしたほか、すべてもとのままにした。

原子爆弾こそは正に我国の悪夢を粉砕して呉れる一大鐵槌であった。この鐵槌によって、始めてわれに返った日本は、今や却って米軍援護の下に、平和建設への明るき道を進んで行きつ丶ある。この書は、その路傍に生えた一本のつまらない雑草として、誰か顧みて戴く方があれば、親として望外の幸甚に思う。

昭和二十三年十二月　　お諏訪の森の翠蔭にて

壽記

（長崎版『雅子斃れず』）

永井博士より著者への手紙

あなたの本の重版を祝います。一点は方向をきめません。もう一点うつと方向がきまります。その直線上にさらに第三点をうち、第四、第五とうちゆけば、ひとすじの人生行路となります。あたえられた天分をこの方向にふるいなさるよう、おすすめします。

いただいたシャクヤクを写生しましたのでさし上げます。表紙にお用いになってもよろしいです。何にも用いられないのもよろしいです。

子供たちが学校から帰ってから、くりまんじゅうを、もしゃもしゃたべました。子供が何もしゃべらず、もしゃもしゃほおばる光景をみるのは父の幸福です。

永井　隆

一九四九年五月十七日

石田雅子様

序にかえて

原子雲の下に生き残ったというだけでも、おろそかならぬ君の生命であり、私の生命であった。原子病の苦しさにうちかち、原子野に生き長らえた、一日一日の生命の歩みはきびしかった。そうして今、君の庭に咲いたとて君から贈られたシャクヤクの花をみる。焼野に芽生え、同じくきびしい生命のいとなみを続けて、ついに今年はこうも美しく咲き出でた花をみる——。

よくぞ生き抜いてきた、花も、君も、私も……

しみじみと茶を口にして、シャクヤクのういういしい花びらに見入れば——生きている、私は生きている……という実感が、ぐうっと五体にゆきわたる。この茶も、あの日吹き払われた、わが畑のふちの焼株から芽を出し、年を追うて茂り、ことし始めて摘むほどになったもの、天地の生気をこの一葉一葉に吸い集めたかの如き新茶の香りである。

生きているという事は何ものにも比べられぬほど尊い。原子雲の下の日からシャクヤクの花咲く今日にいたるまで保ってきた生命であるがゆえに、こうも尊く思われるのであろうか？——

シャクヤクも苦労したろう、茶も苦労したことだろう、そして君も……。私はやっと生きてきた。

――どんなに苦しくても、どんなに悲しくても、生きてゆく事そのことが重荷のように辛くても、生きていることにまさる歓びはない。生きておりさえすれば仕事ができる。この世を美しくする仕事が――

草でさえ、木でさえ、ほそい生命を生き続けて、荒野を小さい花で飾った。

長崎を国際文化の都市として建設することに国法で定められ、私たち市民はこの街に国際的な平和文化の花を咲かせる仕事をもつことになった。私たちの仕事は大きい。

しかしその手始めは、原子爆弾の実相を広く世界中の人々に知らせ、戦争をいやにならせ、戦争を思い止まらせ、平和を永遠に保とうと願わせ、務めさせることである。

世界永遠の平和が約束されなければ、いくら国際文化を作り上げたって、まるで浅間火山の上に文化住宅を建てるようなもの、戦争の火が噴き出すたびに、こっぱみじんにされてしもう《（ママ）》。

君は今、この永遠平和の願をこめて、君の尊い原子爆弾体験記を世におくる。

――あやしい光を放ちながら空を被った原子雲の下、屍のあいだに生き残っている自分を自覚した君は、そのとき年わずかに十五歳であった。――十五歳の少女のやわらかい膚は切られて血を噴いた。幼い骨髄は放射線を受けて潰れた。人の世の痛みを知らなかった心は原子野よりもひどく砕かれていた。――君はその体験をそのとき直ぐ、十五歳の少女の感覚で書きつけた。それは新しいカメラで写したフィルムを、作ったばかりの現像液で仕上げたように、濁りがなく、ひずみが無く、まことに鮮かに、あの原子雲の下の有様を写し出している。――これが原子力の場の中に、ひとりさらされた人間の真のすがたであった。

血の流れる首を黒いカーテンで巻き、左右不ぞろいのげたをはき、火の林の中を、よろよろと逃げてゆく人間――文化人とみずから称えていた人間も、いったん原子戦の中にまきこまれると、このような姿をさらすことになる。

……君はしかし、別にこのような説教じみた下心で、この記録をとどめたのではなかった。あどけなく兄さんにおしゃべりする気で書いたのだった。それだから、文章は素直で、飾りけがない。したがって、いよいよ真に迫っているのである。

ほかの原子爆弾記録に比べて、あの日のむごたらしい現場の、描写が足りない、と思う人があるかも知れない。しかし、ここにこそ君の記録の正直さがある。いや、記録以前の心の美しさがある。情のこまやかさがある、――生きている人間がある。

やさしい心のもちぬしには視るに堪えぬ有様であったのだ。ああ、死の手につかまれた友の叫び、生きながら燃えゆく友のにおい、目にうつるは既に息絶えた友の黒髪……君は目を伏せ、耳をおさえ、息をつめて、死の谷を逃げまどった。ともすれば君みずからが黒い死の手につかまえられそうな、迫った状況であったのだ。どうして、のうのうと、ゆうゆうと、冷やかに、あちらを見、こちらを眺め、よい文章の材料はないか、と探すことができるであろうか？

これは正に偽りのない人間の記録である。人の世にすれていない少女であったからこそ、こう感じ、こう書けた。

君はお父さんの腕に抱かれようとの願ひとすじに火の中を走った。——いな——もう走れなかった。原子病のすでに現われた五体は杖をたよりに、よろめき歩むのが、やっとのことであった。はた目から見ると夢遊病者のようであったろうが、君は一刻も早くお父さんの広い胸に救われたいと、競泳のような努力で、放射線の乱れとぶ中を、わき目もふらず泳いでいった。……その君のすがたを想うと、父と子との相引く力の強さが……

一九四九年五月十七日

長崎市浦上　如己堂にて

（東京版『雅子斃れず』）

解説と資料

長崎（浦上）原爆を文字化した被爆体験記『雅子斃れず』

横手　一彦

はじめに

この本は、家庭新聞「石田新聞」に掲載された『雅子斃れず』を底本として本文を復元し、関連資料と共に構成した。『雅子斃れず』には、被占領下や敗戦期の入り組んだ事情から、幾つかの異なる作品本文（版）がある。それらを比較すると、大切な部分の内容が異なったりしている。それは、抑圧しようとする大きな力に対し、不本意な比喩《ひゆ》や言い替えなどによって対抗し、そのために真っ当な表現形式、あるいは本来的に求めていた表現形式から逸脱したそれぞれの結果なのである。「石田新聞」版は、家族内の通信媒体であったことで、そのような軋轢《あつれき》が生じる以前の作品本文である。そのため「石田新聞」版を、この本の底本とした。現在の流布版本文と異なる部分は、今日の視点からすれば、そこに抑圧する力や規制する力が加わったことを際立たせる。

この本が、六五年という節目の年に、広い世代に、今という時代に通じる過去を考え直し、長崎（浦上）原爆を捉え直す手立てになればと考える。長崎（浦上）原爆を語り継ぐことは、地上の人間の出来事として、原爆と被爆を問い続けることである（※小考は長崎市内の地域的な違いを明確にするため「長崎原爆」を「長崎（浦上）原爆」と表記）。そして、この二度目が、永遠の二度目の惨劇であるとの願いを込める。

六五年前の、あの夏の日の出来事に立ち返れば、長崎市郊外浦上地区への原爆投下は、幾つかの偶然が重なった結果であった。それは、一つには原爆投下目標四都市の一つであった京都市が、直前にはずされて長崎市へと変更されたこと、二つに原爆搭載機「ボックス・カー」の燃料系統の不具合から予備燃料が使えないままにテェニアン島北飛行場を離陸したこと、第三にこの時の第一目標都市小倉上空が視界不良であったこと、第四にこの時の第二目標都市長崎市上空の視界も悪く、一万メートル上空から旧市街の目標地点（天領長崎・中島川流域）を目視することが出来なかったこと、第五に長崎市上空の雲の切れ間から、ようやく目視した地点が同市郊外浦上地区（公領長崎・浦上川流域）の軍需工場であったことである。そして、人類史上、二つ目の原爆が投下された。一四歳の少女石田雅子は、この原爆雲のほぼ直下の兵器工場で、航空機魚雷の生産に携わっていた。本来は、学舎にあって、学ぶことを本望とし、学友たちとの語らいを無二のものとする若さに溢《あふ》れる年齢であった。

このような長崎（浦上）原爆を、別な視点から捉えれば、あの夏の出来事は、長崎市郊外浦上という地域や石田雅子という個人ではなく、特定の範囲内において、何処にでも、誰にでも、起こり得ることであった。その時長崎市は、戦場ではなかった。長崎市民は、兵器生産によって世界戦争に加担したが、直接の戦闘行為に及んではいなかった。石田雅子は、大人ではなく、一四歳の子どもであった。国家や学校の指示に従順に従い、懲罰に処せられることは何一つもなかった。また、突然の苦境に際して、これを教師や学友と分かち合うのであれば、そこに励ましや労りがあり、一時の慰めを得ることもあったであろう。これらも、皆無であった。

長崎市は、転校生の石田雅子にとって、未だ馴染めない他郷の地であった。地獄を見たことはないであろうが、一帯が灰色となり、鉄骨は飴のように曲がり、家は焼け、橋が折れ、死体が土人形となって散らばり、川に死体が溢れ、無惨な死がそこかしこに折り重なる光景は、まさに地獄図絵であった。この現実から逃げまどい、素足のまま傷付いた身体を引きずり、助けを求め、一人紅蓮《ぐれん》の炎の中を彷徨《さまよ》った。しかし、道々で出会った被爆者たちは、皆、親切であったという。また、例えば住吉トンネル工場に逃げ込んだ時がそうであったように、他人の冷淡な仕草に理不尽さを感じながらも、それに従った時もあった。道ノ尾駅のトンネル壕で一夜の休息を得て、翌日に父のもとへ奇跡的な生還をはたすのである。

少女の作文と「石田新聞」

石田雅子は、被爆時、兵器工場の鉄骨造り屋内にあって、航空機魚雷の推進翼の鋲《びょう》打ち作業を行っていた。突然、辺りに閃光が一瞬走り、桃色の熱線（爆裂後三秒間の赤外線）を感じ、次の瞬間、凄まじい暴風（秒速一六〇メートル）に吹き飛ばされ、床に腹這《ば》いに叩き付けられた（一平方メートル加重は一〇から二〇トン）。爆心地点に対し、偶然にも、鉄骨造りの屋内の構造物が遮蔽《しゃへい》物となって石田雅子の身体を防御する形となった。偶々この日に、白シャツに白っぽいズボンを着用していたことで、輻《ふく》射《しゃ》熱の吸収を幾分か妨げ、熱傷の度合いを軽くした。そして、柱や梁などの落下物の直撃を受けなかった。また、構造物の間に挟まれることもなかった。これらの偶然の折り重なりが、一四歳の少女を救ったのである。しかし石田雅子は、左頬に一寸大の打撲傷と皮下出血、後頭部に落下物による五分くらいの切創と出血、肱先に接過傷、膝に火傷、足裏に裂傷を負った。

石田穰一は、一九四五年五月の大規模な空襲（山の手空襲）によって東京都小石川の居宅を焼失し、それ以後は、杉並区松庵北町一二二四番地「浩々居」に寄宿する。東京に一人住まう高校生の兄石田穰一は、妹石田雅子の体験を「石田新聞」に寄稿することを求めた。石田雅子は、この求めに不承不承従い、福岡市の九州帝大病院の病床の上に腹這いとなり、爆心地周辺において、生死の境目を素足で彷徨った記憶を辿《たど》り、題材に素直な文体で向き合い、小手先の技法などに煩《わずら》わされず、奇跡的に生還した顛末《てんまつ》を少しずつ書き綴り、書きため、東京に郵送した。この起筆は、被爆二カ月後の一九四五年一〇月九日であり、脱稿は同年一二月一三日に福岡市野間（現福岡市南区野間）の石田家山荘（祖母の別宅）である。公刊を前提とせず、自らの被爆体験と生還を家族や親族に伝える手記であった。この手記が、本来的な意味において、被爆体験記『雅子斃れず』なのである。

『雅子斃れず』関連資料が、家族によって大切に保管されていた。家庭新聞「石田新聞」は、刊行時のままに原紙を合冊製本して保存されていた。また、長く所在不明であった草稿（書簡形式）が見つけ出された。これは、藁半紙《わらばんし》や便箋に鉛筆書きされた原稿四九枚と、作品の題材となった資料を合わせ、計五四枚の資料である。二〇〇〇年一〇月七日からおよそ一カ月にわたり、神奈川近代文学館主催「原爆文学展―ヒロシマ・ナガサキ」展が開催された。石田雅子は、この時、林京子に自筆草稿の出品を強く求められたが、所在不明であったため、これに応じることが出来なかった。

この段階にいたることで、書簡版や「石田新聞」版資料と、プランゲ文庫所蔵版（一九四七年六月二〇日印刷・同年六月三〇日発行）や、仮刷版（私家版限定百部・刊記等明示されず）や、長崎版（二〇〇〇部・一九四九年二月一五日印刷・同年二月二〇日婦人タイムズ社発行）や、東京版（一九四九年八月五日印刷・同年八月一〇日表現社発行）の作品本文との対照が可能になった。これまで、本文を確定する作業が不十分であったため、『日本の原爆記録』第二巻（一九九一年五月日本図書センター発行）や『デルタの記』（一九九五年六月暮しの手帖社発行）など再録版において、特定の表記が未確定のままに揺れていることが気付かれないままであった。

石田穣一は、この手記に『雅子斃れず』との作品名を付し、第一回一九四五年一一月二〇日発行「石田新聞」第一八二号、第二回一二月四日発行「同」第一八三号、第三回（第一八四号散逸のため未確認）、第四回一九四六年一月一日発行「同」第一八五号、第五回二月一二日発行「同」第一八六号、第六回二月二七日発行「同」第一八七号、第七回三月九日発行「同」第一八八号、第八回三月二一日発行「同」（完）第一八九号に分載した。

また、父石田壽は、爆心地から三キロメールの地点で被爆し、軽傷を負った。石田壽は、一九四四年に広島地方裁判所長としての赴任が内示されていたが、前年一一月に妻高子（井上哲次郎四女）を亡くすなどの事情が重なり、これが延期され、翌四五年の長崎赴任となった。このことは、作品の冒頭の辺りで語られる。石田壽「強き父性愛」第一回が、第一八九号から連載される。第二回四六年四月六日発行「同」第一九〇号、第三回四月二三日発行「同」第一九一号、第四回五月一六日発行「同」第一九二号、第五回七月二三日発行「同」第一九三号、第六回八月九日発行「同」（完）第一九四号に分載された。

『雅子斃れず』は、連合軍最高司令官総司令部（GHQ／SCAP）検閲の干渉を受けることなく、個人と個人、あるいは個人と家族親族内との関わりにおいて成立し、長崎の被爆体験を最も早く文字化し、今日へと受け継がれる（書承）。「石田新聞」は、当然のことながら、切り取ったり、組み替えたり、他意が埋め込まれることを意図しなかった。個の自由な意志に基づき、そこにごまかしの紙面編集は必要なかった。

また「石田新聞」版『雅子斃れず』は、広島の初期原爆文学に相対し、長崎（浦上）原爆の不足を補完する作品である。

「私は涙をふり落しながら、その人々の形を心に書きとめた。（中略）「いつかは書かなくてはならないね。これを見た作家の責任だもの。」「死体は累々としていた。どの人も病院の方に向っていた」（大田洋子『屍の街』二〇〇一年一一月日本図書センター発行『大田洋子集』第一巻）

大田洋子は、広島市の被爆現実を、自らの手で、後日に文字化することを意識した。『雅子斃れず』

は、このような目的化された記憶の地べたとは異なる次元に成立した。病床で書かれた草稿が確認される以前までは、このような違いも確認されることはなかった。家庭新聞「石田新聞」が、『雅子斃れず』を作り出したのである。

一九三八年六月一四日、小学校五年生の石田穣一は、半ば子どもの遊びとして、家族間のガリ版刷り回覧新聞「石田新聞」を創刊する。一九四三年七月に第一六一号で一時休刊するが、一九四五年五月に再刊され、親類間の親睦を刊行の目的に加えた。一九四六年四月二三日に紙名を「東福新聞」と改題し、戦時末期や敗戦期の混乱の中で、東京や福岡、あるいは地方疎開した親類間の事情も疎《おろそ》かになる情況を踏まえ、親類相互の身辺確認の連絡紙の役割が付与され、回覧されるようになった。そして、一九四九年一月二五日に通巻二一六号を以て終刊するまで、一三〇名の読者を得て、休刊時期も含め一一年間継続した。一九五五年八月九日には、同社の出版活動も停止し、これに際し、手作り合冊版を作製して活動を終えた。

石田穣一は、この活動期を区分けて、一育成時代（一九三八年六月一四日発行創刊号から一九四三年七月発行第一六一号・以後休刊・戦災により多くを焼失）、二戦時版時代（一九四五年五月五日復刊第一六二号から一九四五年八月一四日発行第一七二号）、三発展時代（一九四五年八月二〇日発行から一九四六年一二月一四日発行第一九七号）、四印刷時代（一九四七年三月一三日発行第一九八号から一九四九年一月二五日発行第二二六号・第一九九号より一部送料共五〇銭）とする。『雅子斃れず』や『強き父性愛』は、「石田新聞」の発展時期に掲載され、同紙の活動期間を通じ、主要な成果と見なし得る企画記事であった。

一九四五年五月に石田穰一は、東京目黒の海軍技術研究所に動員され、化学研究部第二科二号室第一〇研究室在間中尉のグループに配属となる。後に、実験心理研究部に転籍となり、米軍が投下した宣伝ビラを分析する仕事に従事した。海軍技術研究所では、時折、冷凍鰊《にしん》やメンソレータムや洗剤や紅茶や蚊取り線香など、当時にあって貴重な日用品を配給し、その一部は長崎の妹に郵送された。

そして一九四五年八月発行「石田新聞」岡山版第一七一号（日付不詳）は、八月九日一一時二分に米軍機が長崎市に新型爆弾を投下し、その三時間後も黒煙が七〇〇〇メートルの高さまでのぼっているとの米軍放送を、海軍技術研究所実験心理研究部の短波ラジオで聴いていたと記録する。石田穰一は、日本政府の正式発表以前に、長崎市への原爆投下を知ったのである。そして、広島が一個の新型爆弾で市街地の七割の被害を受けたことから、きっと相当の被害があったに違いないと想像し、長崎市内の家族の安否を気遣い、その無事を願ったのである。そして、八月二六日発行「石田新聞」号外は、「壽は無事、雅子は負傷、家族一同市外へ避難」、とその無事を伝えた。

これまでは、『雅子斃れず』成立の母体であった「石田新聞」との関わりが探究されることはなかった。「石田新聞」の記事から、石田穣一の的確な判断と強い意志が、長崎（浦上）原爆を早くに記録することを促したのだと考える。この背後には、おそらく、東京目黒の海軍技術研究所に動員され、研究員や知友との間で、この先端的科学技術に基づく最新兵器についての意見交換がなされ、それは二〇世紀の人類史的位置付けに及ぶとする議論があったのではないかと推定する。兄が妹に手記を求めたのは、一兄妹の情からの被爆体験記執筆の勧奨であり、一女生徒の記録という被爆体験記執筆の慫慂《しょうよう》であり、そして長崎（浦上）原爆、この二〇世紀の人類史的な負の体験を、史的に位置付ける被爆体験記として、その執筆を督励《とくれい》したのだと考える。個の内部の記憶は、このことによって、その記憶の一部が文字記録として残されたのである。

一九四五年一二月四日「石田新聞」第一八三号は、石田穣一が一一月二八日夕方に東京都板橋の父壽が秘書官をしていた元首相の広田弘毅宅を訪問し、夕食を共にしながら三時間ほど語り合い、戦争勃発時の真相などを聞いたことを伝える。そして一二月三日に戦犯としての逮捕令状が執行され、これがおそらく、広田弘毅が自身の心中を憚《はばか》ることなく語った最後となった。また第一八六号掲載の石田穣一「爆心を行く」に、「大東亜戦争」「無傷の市民」「魔弾」などの言葉が列記され、GHQ／SCAP検閲を受けない紙面であったことが、このようなことからも判断することが出来る。

あるいは、一九四六年一二月一四日「東福新聞」（「石田新聞」改題）第一九七号は、同年一一月一〇日午後六時半、東京都目黒区平町「平町文化会」第一回目の会合において、町会大広間に参集人七〇人近くを前に、東京大学法学部学生歌田勝弘と藤村高等女学校生歌田洋子により、石田壽『強き父性愛』と石田雅子『雅子斃れず』が朗読され、「絶賛を受け、大好評」であったと伝える。これが、親族以外に『雅子斃れず』が紹介された最初であった。これは、被占領下において許されない企画であった。このことは、敗戦期の原爆記録の流布に関し、貴重な記録である。

この作品の草稿が病床の上で書かれ、家庭新聞「石田新聞」に掲載され、そして『雅子斃れず』という被爆体験記となった。家族内の記録に過ぎず、当初は出版の意図はなかった。これを出版へと導いたのは、作品としての生成時、また作品として自立する過程において、被爆した我が子、あるいは被爆した妹を慈しむ家族の思いであった。そして被爆後二カ月の時点で、原爆雲の直下の出来事を記録した「石田新聞」版『雅子斃れず』は、家族の絆《きずな》を支えとすることがなければ、六五年後の私たちの手元に甦《よみがえ》ることがなかった。作品の土台と背景には、被占領下と敗戦期を生きた一つの家族史があるのである。事実、仮刷版「中扉」には、「石田雅子／石田壽」の印刷文字の下に「石田穰一」と鉛筆で書き込まれていて、三者の連名で本書の刊行が企画されていたことを知る。

『雅子斃れず』の位置

この作品は、長崎（浦上）原爆の初期を対象化した少ない作品の中の一つである。そしてこの作品に、私的記録という範疇《はんちゅう》を超え、新たな社会的記憶としての役割を付与したのは、むしろ外的力学の存在であった。それ以前に、『雅子斃れず』は、一つの被爆体験記として自立していたのであるが、本来的な形での伝播《でんぱ》を長く阻んでいたのは、外的圧力（GHQ／SCAP検閲）であったといえる。GHQ／SCAPの軍事的負荷を背負わされた流布版が、決定版のように扱われたことで、作品に対する基本的評価は大筋において変わることがなく、これ以上に立ち入り、論究するべき対象として取り上げられることがなかった。

被占領下の日本人は、既に現実的な敵ではなかった。しかし潜在的な敵としてあり、GHQ／SCAPはその敵愾《がい》心に対する用心を怠ることはなかった。軍事目的を遂行するため、日本人を監視するために、不測の事態に即応するためにも、GHQ／SCAPによる自前の検閲制度が必要であったのである。

GHQ/SCAP第三民間検閲局（福岡市）については、当時の日本人雇員であった甲斐弦『夢見る人のつぶやき』（一九九四年一〇月、熊本日日新聞社発行・「アメリカの犬」）や同『GHQ検閲官』（一九九五年八月、葦書房発行）の証言記録によって、早くから検閲実務の一端が知られていた。また、他の雇員の証言もある。モニカ・ブラウ『検閲一九四五—一九四九』（一九八八年二月、時事通信社発行）は、『雅子斃れず』の検閲過程やその軋轢を占領軍行政資料に基づいて考察し、堀場清子『原爆表現と検閲』（一九九五年八月、朝日新聞社発行）は、プランゲ文庫所蔵版『雅子斃れず』を具体的に分析する。また、一九九三年八月九日のNHKドキュメンタリー番組「あの炎を忘れない」は、現地取材も踏まえ、当事者の証言を織り交ぜながら占領軍検閲を現代的な視点から検証した。これまで、数多くの占領軍検閲の事例が紹介されているが、この『雅子斃れず』の検閲事例は、占領軍検閲に対し、被占領民であった日本人の側から、検閲結果に非同意をあらわにし、対抗的に行動した最も典型的な事例であり、また日本側の関連資料が残されている貴重な事例でもある。

体験した者にしか、語り得ないことがある。原爆雲の下、傷付いた大地と生身の人間の現実は、他と比較することも、再現することも、追体験することも出来ない。まして、そのようなことがあってはならない。被爆についての嘘はそのままに事実とされ、その誇張はそのままに異常な出来事と理解される。このため、被爆後の語りは、自ずと自戒的な言葉となる。立ち返る地点は、例えば『雅子斃れず』に描かれた現実なのである。

書簡版及び「石田新聞」版の『雅子斃れず』は、永井隆『長崎の鐘』（一九四九年一月、日比谷出版社発行）に、時系列上において先行する作品である。このことは、これまで明確ではなかった。一四歳の被爆体験記は、少女の視点から、長崎（浦上）原爆を記録し、その無差別的な残虐《ぎゃく》性を描き、その恐怖を語るのである。そこには、被爆以後を生きることが出来なかった人間たちの無念が、無言の語りとして響いてもいる。

『雅子斃れず』は、被爆以前も、被爆以後も、一人の人間が、一人の人間として生き続けた記録である。当たり前のようなことであるが、六五年前の長崎において、このことは当たり前のことではなかった。生きること自体が苦難と忍耐の連続であった。現在においても、癒《い》えることのない、深い傷痕が、多くの人びとの心のなかに残されている。

『雅子斃れず』同時代評一覧

返田　雅之編

「世に出る手記『雅子斃れず』原爆に咲いた家庭愛の記録」（一九四八年一一月一六日「朝日新聞」）
「親類結ぶ『家庭新聞』12歳ではじめてから十年」（一九四九年一月九日「毎日小学生新聞」）
「乙女がつづる家族愛 来月出版『運命の閃光』から死を克服 原爆の手記『雅子斃れず』」（一九四九年二月二七日「毎日新聞」）
「忘れ得ぬ人間愛 ミルトンの詩でバチがあたった『雅子斃れず』の雅子さんを訪ねるの記」（一九四九年三月五日「長崎日日新聞」）
「激動海を越えて 元軍政府教育補佐官メルダール氏より」（一九四九年三月五日「長崎日日新聞」）
「新刊紹介『雅子斃れず』（石田雅子著）」（一九四九年三月五日「長崎民友」）
星野壽夫長崎日日新聞社長「『長崎の鐘』と『雅子斃れず』」（一九四九年三月七日「長崎民友」）
「原爆少女の日記 世に問われて単行本に ある家庭新聞から」（一九四九年三月八日「西日本新聞」）
「坊やの思いつきから十一年も続いた家庭新聞 兄は編集長、妹は『原爆記録』を」（一九四九年三月一四日「國際新聞」）
「大波小波」（一九四九年三月一九日「長崎民友」）
「一五歳の少女が書いた原子爆弾の体験記 兄妹の努力で出版」（一九四九年三月二〇日「少年少女新聞」）
読者投稿「『雅子斃れず』を読みて」（一九四九年三月二五日「長崎日日新聞」）
「これきりではだめ 雅子さん如己堂を訪う 原爆文学を一トくさり」（一九四九年三月二八日「長崎日日新聞」）
「『長崎のために…』病床から乙女励ます永井博士 原爆の著者二人の対面」（一九四九年三月二九日「毎日新聞」）
「民友特ダネ新聞 きょう四月馬鹿（エイプリルフール）雅子斃れた」（一九四九年四月一日「長崎民友」）

「感動のすすり泣き『雅子艶れず』出版記念会」（一九四九年四月四日「長崎民友」）

「弟の霊が呼ぶ 奇しき邂逅『雅子艶れず』涙の出版記念会」（一九四九年四月四日「長崎日日新聞」）

「悲しき知らせ涙の姉『雅子艶れず』出版記念会の感激 探した少年今草葉の陰」（一九四九年四月五日「毎日新聞」）

「さながら『二つの劇』永井博士タンカで『長崎の鐘』観劇 感激にゆれる浦上天主堂」（一九四九年五月八日「長崎民友」）

「きょうも同じあの夏雲の下　世界の檜舞台へ　破壊と混乱の極から」（一九四九年八月九日「長崎日日新聞」）

「大波小波」（一九四九年八月一〇日「長崎民友」）

「書評」（一九四九年八月一七日「日本読書新聞」）

「春秋」（一九四九年九月七日「西日本新聞」）

「原子病と眼病を克服 奇跡、雅子さん倒れず 再び見る懐しの山河」（一九四九年九月一九日「日本婦人新聞」）

「雅子たおれずの著者健在」（一九五〇年一月四日「夕刊ナガサキ」）

「新春一筆 石田雅子」（一九五〇年一月六日「毎日新聞」）

「英訳『雅子艶れず』米のベッツ嬢が世界へ紹介の労」（一九五〇年五月一二日「読売新聞」夕刊）

「永遠の『世界平和の灯』へ 雅子艶れず 英訳される原爆手記」（一九五〇年五月一二日「西日本新聞」夕刊）

「ベッツ嬢の心にふれて『雅子艶れず』世界平和の灯となる一学生の英訳」（一九五〇年五月一二日「長崎日日新聞」）

「若草物語 さようなら長崎 石田雅子」（一九五一年六月二九日「長崎日日新聞」）

「いらっしゃいませ 石田雅子さん 京都地裁所長令嬢」（一九五一年七月四日「都新聞」）

「著書が結ぶ二人 ベッツさん原爆娘と会う『おぉマサコさん』」（一九五一年七月一九日「京都新聞夕刊」）

「ああ！原爆の思い出　胸苦しい一ページです　この体験、有意義に」（一九五一年八月七日「夕刊京都」）

「今も立つ『一本足の鳥居』きょう長崎原爆記念日 石田地裁所長も敬ケンな祈り」（一九五二年八月一〇日「夕刊京都」）

「純真な先生 アメリカ文化センター館員 石田雅子さん」(一九五三年一月七日「朝日新聞」)

「その時私はいた きょう 長崎原爆八周忌 地獄!屍と炎の街『人間愛』こそ平和を築く 語る石田さん一家」

(一九五三年八月一〇日「夕刊京都」)

石田雅子「初だより 赤い帽子」(一九五四年一月五日「長崎日日新聞」)

石田壽「原爆十年、長崎に寄せる感慨」(一九五五年八月九日「長崎日日新聞」)

『雅子斃れず』本文の異同について

稲尾　一彦

石田雅子著『雅子斃れず』は、長崎の婦人タイムズ社から一九四九年二月に出版された（以下「長崎版」と略記）。また、同年八月には、その後のエピソードを加えたものが東京の表現社から出版された（以下「東京版」と略記）。連合軍最高司令官総司令部（GHQ／SCAP、後GHQと略記）の検閲が緩和されたこの時期、『雅子斃れず』は、永井隆の『長崎の鐘』とともに、長崎の原子爆弾の被害の実相を伝える数少ない作品として、大きく取り上げられた。

しかし、『雅子斃れず』は初期の原爆関連文献の一つとして位置づけられてはいるが、その後に多くの長崎原爆に関する本が出版される中にあって、長いこと入手困難な状況に置かれていた。永井隆の著作が現在でも一般に入手可能なのに対し、『雅子斃れず』は四九年一〇月に表現社から再版が出て以降、長く絶版状態となってしまうのである。

『雅子斃れず』は、八五年に「暮しの手帖」八月号に掲載される。しかし、同誌には、官舎に無事に帰り着く場面までしか載っていない。父親の手記等が再録されておらず、『雅子斃れず』

の成立事情を鑑みると、十分であるとは言いがたい（後に同一本文が九五年六月、暮しの手帖社発行『デルタの記』に収録）。

九一年五月『日本の原爆記録』第二巻（日本図書センター）には、『雅子斃れず』が、『長崎の鐘』『長崎精機原子爆弾記』と共に収録された。しかし、この『雅子斃れず』本文は「長崎版」に依拠しているものの、原本の巻頭に収められていた父石田壽撮影の被爆記録写真が掲載されておらず、「東京版」で加筆された文章も収録されてはいない。

九三年に、NHKが「あの炎を忘れない～被爆少女の手記とGHQ検閲～」という、『雅子斃れず』を中心に据えたドキュメンタリー番組を制作した。この番組では、『雅子斃れず』の出版事情について以下のことが明らかにされている。最初、兄穰一が家族新聞として作成し、親戚・家族の間を郵便で回覧していた「石田新聞」がもとになっていること。「石田新聞」連載分を穰一が手書きで一冊にまとめ、その出版を周囲のすすめもあって父壽が思い立ったこと。そして壽が長崎軍政局司令官の推薦文を得るなどしてGHQ検閲局と掛け合い、懸命に力を尽くしたが結局出版は認められず、検閲が緩和された四九年になってようやく出版されたこと。また、番組の中では、GHQの事後検閲を意識して書き換えられた箇所も指摘されている。しかし、この時にも『雅子斃れず』が再刊されることはなかった。

この度、長年にわたりプランゲ文庫のＧＨＱ検閲資料を研究している横手一彦が、同文庫に保管されている『雅子斃れず』を目にとめたところから、復刊に向けた作業が始まった。その過程において、兄穣一宛自筆の手紙原稿、「石田新聞」版、「仮刷版」、「長崎版」、「東京版」の本文を比較すると、それぞれに少なからず本文の異同があることが分かった。

主なものとしては、「仮刷版」から「長崎版」への改稿として、既にＮＨＫの番組でも指摘されていた次の箇所がある。

「病のアメリカ」（本書74ページ）→「病の敵」

「私は、口惜しくて、口惜しくて、なりませんでした。歯がゆくて、歯がゆくてなりませんでした。」（本書80ページ）→削除

「悪魔の如き原子爆弾」（本書82ページ）→「恐ろしい原子爆弾」

この改稿は、ＧＨＱの事後検閲による本の回収を逃れるために、米軍を刺激するような表現を避けたことによるものである。同様の改稿は、「石田新聞」版から「仮刷版」を作る過程においても見ることができる。

「力の限り、頑張って、再び大君の御為につくすのが、私の道だ。」（本書74ページ）→「今死んではいけない。いくら苦しくても、挫《くぢ》けてはいけない。力の限り頑張る！」
「きっと、今に尊い生命を取り戻して、大君にお仕え申します。」（本書74ページ）→「きっと今に尊い生命を取り戻します。」

この箇所においても、米軍占領下での出版を実現させるために改稿が行われていたことがわかる。加えて、ＧＨＱの検閲を意識した以上のような改稿以外にも、「長崎版」とその半年後に出版された「東京版」の本文を比較すると、多くの加筆訂正が行われている。「東京版」では、第二部として「永井博士を訪ねて」「深堀少年と平さん」等、その後日談が六〇ページほど加えられている。その中のいくつかは本書に収録した。また、「東京版」第一部にあたる『雅子斃れず』本文にも、次に挙げるように、少なからず加筆訂正が施されている。

「『私も！』、と叫んだ時、すぐ近くでパッと火の手が上がりました。」（本書31ページ）→「『あっ！私も……』／私がそう心の中で叫ぶまで少し時間がかかったようでした。ひどい危険な状態にさらされたとき、人間はかえって、いっときはぼんやりしているものなのでしょうか。その時私のすぐ近くでパッと火の手があがりました。こわされた工場が燃えはじめたのでした。その火をみて、私のぼんやりした頭がはっきりとよみがえって来ました。」

「やがて、道ノ尾の駅に着くと、ホームにレールが沢山積んである上に、裸体《はだか》で全身火傷の小さな男の子がふるえていました。平さんは、その子も助けて上げました。」（本書45ページ）↓やがて道ノ尾の駅に着くと、ホームにレールが沢山積んである上に、十二、三歳位の男の子が裸で腰かけてふるえていました。よく見ると全身を火傷しているのです。／「さあ、君も一緒に行こう。」／「親切な平さんはその男の子に声をかけました。チラと私たちの方を見て、泣き出しそうな顔になると、その男の子はそうそうとレールの山を降りてきました。火傷が痛むらしく、顔はしかめていますが、目の輝きには、嬉しさがありありとあらわれていました。悲惨な気持の時に、自分一人きりだと思うととてもたまらないものだということが、よくわかっていた私には、この男の子の目の光がとても印象に残りました。」

「東京版」では、このような加筆が多く見られ、ここには、被爆当時の状況をなるべく詳しく描写して残そうとする意図が感じられる。このような加筆により、雅子本人の文章は増えているが、

「父の思い出」（「強き父性愛」に同じ）は削除された箇所が少なくない。ここにも、娘雅子の文章を大事にしたいとする、父壽の思いが表れている。

＊　＊　＊

今回の本書の編集作業は、著者の石田（現姓柳川）雅子本人、ゆたかはじめ（兄石田穰一筆名）、そして自筆手紙原稿や当時の写真を現在保管している弟石田道雄の、全面的な協力のもとで行われた。『雅子斃れず』出版の経緯を見ると、著者石田雅子本人の手だけで生まれたのではなく、その背景に雅子を支えた父壽、兄穰一をはじめとした「石田家」の家族の力が大きく作用していることがわかる。六五年を経て、この度「石田新聞」版をもとに改めて復刊される本書も、やはり〝家族の力〟なしには生まれ得なかった。

占領下において、原爆被害の実情を知らせる写真や文章はGHQの検閲によって厳しく封じられ、世界の人々はこの時期、そのあまりに圧倒的で残虐な兵器の惨禍を知る術はなかった。

それらが世間に向けて発信されるのは、GHQの検閲が緩和される一九四九年以降のことであった。『雅子斃れず』は、被爆直後に記された文章が少ない長崎原爆にあって、爆心地に近い三菱兵器大橋工場から奇跡的に生還した、当時一四歳の女子中学生が、被爆後約二カ月という早い時期に、自らの被爆療養の体験を交えながら書いたという点で、類例のない作品であると言える。

■『雅子斃れず』関連年表

一九三一年	二月一四日	石田雅子が東京都文京区小石川（当時は小石川区竹早町一〇五）に生まれる。父壽、母高子、兄穰一、次妹泰世（やすよ）、末妹静子。母高子は文学博士井上哲次郎四女。
一九三八年	六月一四日	穰一が家庭新聞「石田新聞」創刊号を発行。
一九四三年	一一月　七日	高子死去（三七歳）。
一九四四年	四月	穰一、旧制成蹊高校に入学。
一九四五年	四月	壽、東京から長崎地方裁判所長に着任。
		雅子、県立長崎高等女学校に転校。勤労学徒動員で三菱長崎兵器製作所大橋工場（現長崎大学文教キャンパス）に勤務。魚雷の推進翼部分の鋲打ち作業を行う。
	五月二五日	再々度東京大空襲（山の手空襲）で小石川の石田家焼失。
	八月　九日	長崎に原爆投下。壽・雅子、被爆。
	八月一〇日	壽・雅子、長崎市郊外田上錬成道場に避難転居。
	八月一五日	終戦。
	九月　八日	雅子、長崎市内を離れ福岡市に転居。
	九月二〇日	雅子、九州帝国大学医学部澤田内科に入院。
	一〇月一八日	雅子退院。
	一一月二〇日	「石田新聞」に「雅子斃れず」の連載を開始。

一九四六年　一月一二日　雅子、福岡より長崎に帰る。
　　三月二一日　「石田新聞」の「雅子斃れず」第八回で連載終了。「強き父性愛」の連載を開始。
　　四月　雅子、県立長崎女子専門学校英文科に入学。
　　五月一一日　壽、平山槙（まき）と再婚。
　　八月　九日　「石田新聞」の「強き父性愛」第六回で連載終了。
　　一一月一〇日　東京都目黒区平町の「平町文化会」会合で「雅子斃れず」の朗読会が開催される。聴衆七〇人近く。朗読者は東大学生歌田勝弘・洋子兄妹。絶賛を受けた（「石田新聞」第一九七号の記事より）。「雅子斃れず」が初めて親族以外に紹介された。
一九四七年　三月　穰一、旧制成蹊高校卒業。
一九四八年　四月　雅子、長崎軍政部民間情報教育局（ＣＩＥ）図書館勤務。
　　六月　壽、京都地方裁判所長に転勤。雅子も長崎から京都に転居し、京都アメリカ文化センターに勤務。
一九四九年　二月　『雅子斃れず』を婦人タイムズ社が発行する（長崎版）。
　　八月　『雅子斃れず』を表現社が発行する（東京版）。
一九五四年　二月一四日　雅子、柳川俊一（としかず）と結婚。
一九七六年　六月　奥泉栄三郎「『雅子斃れず』の周辺」（『図書館雑誌』）。
一九八五年　七月　大橋鎮子のすすめにより「暮らしの手帳」（九七号）に「雅子斃れず」が再録される。
　　一一月　堀場清子「『雅子斃れず』と発禁」（『いしゅたる』）。
一九八八年　二月　モニカ・ブラウ著、立花誠逸訳『検閲―禁じられた原爆報道』（時事通信社発行）。

一九八九年　七月　壽が撮影した被爆当時の写真が見つかり、楨と道雄が長崎国際文化会館（現長崎原爆資料館）に寄贈する。壽撮影の原爆被害写真ネガ一五七枚および被爆資料一一点。

一九九一年　五月　『日本の原爆記録』第二巻（日本図書センター発行）に「雅子斃れず」（長崎版）が収録される。

一九九三年　八月　九日　「雅子斃れず」の占領軍検閲問題を取り上げたＮＨＫスペシャル「あの炎を忘れない」（ドキュメンタリー番組）が、全国に放映される。

一九九四年　三月　雅子が東京都八王子市立横山中学校で二年生と父母に被爆体験の講演をする。

一九九五年　六月　『デルタの記』（暮らしの手帳編集部）に「雅子斃れず」が収録される。

堀場清子『禁じられた原爆体験』（岩波書店発行）

二〇〇四年一〇月　五日～一二月二六日　長崎原爆資料館で「石田壽原爆写真展」が開催される。

二〇〇五年　三月　那覇市対馬丸記念館で「石田壽長崎原爆写真展」が開催される。

applause and cheers, we bring this undertaking to an end and welcome a new submission entitled “A Father’s Great Love” from Mr. Ishida Hisashi. This I’m sure will also be well received by readers, who will find the first installment on page four of this issue. Please look forward to the next installment in our subsequent issue.

I conclude with repeated thanks to Ishida Masako.

※ この英訳文は国立長崎原爆死没者追悼平和祈念館提供による英訳文を基に加筆・修正した。

speed ahead toward Nagasaki. Michino'o was only a short distance away. I would soon glimpse the tunnel shelter where I had spent that first horrifying night. The painful scenes of that morning outside the tunnel came to mind again...

< We are in the coldest part of winter now Joichi so please take care of your health and do not catch a cold. January 12. Good bye for now. Masako. >

January 6, 1946
She won! She won! She won after all! Ishida Masako did not give up. With physical strength and unbending determination, she emerged victorious over the wrath of the atomic bomb and the blight of radiation. As I finish her account I am moved to no end. I am sure I join my readers in feeling something profound as we conclude "Masako Does Not Give Up." Let us go back and read it again even more carefully. I would like to express my heartfelt gratitude to Ishida Masako for submitting this long account.
The Reporter

In Conclusion

This edition of the Ishida Newspaper brings to conclusion the series entitled "Masako Does Not Give Up," which has been enthusiastically received by all readers. Amid great

The horrifying atomic bomb explosion and the devastation of the arms factory…
The night of fear and apprehension spent in the tunnel shelter…
The agonizing days of acute illness in Tagami…
The uplifting hospital life in Fukuoka…

All of these were my precious experiences and lessons in life. I recalled the words I had read in a letter from my cousin, Tanabe Kenichi:

"You will probably think of the nightmarish events of the past months and all the ghoulish scenes you witnessed. Your miraculous survival from the bombing will remain as one of the most precious experiences in your life. Now everything is part of a new existence for you. Perhaps the old Masako died that day in Nagasaki, along with the old Japan. The atomic bombs were like hammers that crushed the evils of old Japan. You are a victim who experienced the atomic bombing by an astounding fluke; you are also one of the lucky people who emerged alive from the ranks of the dead. I'm sure that you have a great deal to ponder. The same flash of light that assailed you snuffed out the lives of tens of thousands of others. This fact points to something much more solemn and noble than mere joy over a miraculous survival.

It is in this sense that I want to extend my heartfelt congratulations to you, Masako. You have been awarded a rare opportunity for life anew. Perhaps it was your late mother who protected you. It is by no means a sin to enjoy life. I can only imagine how keenly you are feeling the joy of life right now."

The train emerged from the tunnel at Nagayo and proceeded full for me if I could just go home and relax. The patient in the next room, whose condition was much worse than mine, will be leaving the hospital on the 20th. It is terribly boring because I have nothing to do all day. I feel very restricted here. I beg you to let me leave as soon as possible. It will be much better that way. Please let me come home.

My greatest wish is not for any more gifts from you but for a note from you saying I can leave the hospital. Please arrange for me to leave the hospital on the 17th or 18th. Father please, please, please let me come home.

Love, Masako

Soon after I sent this letter, the nurse Ms. Ishida came to my room smiling and holding the letter of permission for which I had been waiting so anxiously. I will leave it to you to imagine my joy and excitement at reading the letter.

On the evening of October 18, 1945, I left the hospital, hid from a light rain under the same umbrella with my aunt, and returned to my relatives' country house. My convalescence continued until March the following year. I watched the days go by: the anniversary of the birth of Emperor Meiji in November, enveloped in the soft fragrance of chrysanthemum blossoms; the first frost when sasanqua flowers bloomed in the garden; the snow that laid a pure white blanket on the ground. Then New Year's Day arrived, and 1945, the year of tragedy, was behind us. I celebrated my sixteenth birthday. With my long period of convalescence over, I boarded a train to return to Nagasaki for the new school year beginning in April. I thought quietly about all the things that had happened to date:

elicited a favorable reply.

On October 12, Shono-san came from Nagasaki to visit her son and dropped by my room just after I finished lunch. "This is a souvenir from your father," she said, handing me a large package. Thinking that it might contain a letter giving me permission to go home, I opened the package joyfully only to find a few unripe oranges and four pairs of straw sandals and nothing else. One postcard saying "you can come home now" would have been better than all the oranges and straw sandals in the world. Shono-san was going to go straight back to Nagasaki, so I entrusted her with the following letter to give to my father.

October 12, 1945
Dear Father,

Please let me leave the hospital at once. The hospital issued permission ten days ago, and Dr. Sawada gave me a simple examination and said "you're all better" during his rounds. The other atomic bomb patients are going home one after another. If I stay here they will continue to give me injections that make my buttocks swell, and I won't be able to walk, and it gives me a fever. Yesterday they made me swallow a rubber tube to examine my stomach. I couldn't keep the tube in my throat. It made me throw up. It was so unpleasant for me that they gave up trying.

If I stay here they will keep using me as a guinea pig like this. I want to leave as soon as possible, if not today then tomorrow. Dr. Hayashi does not even come to examine me now. Aside from taking my temperature, all they do is use me for experiments, so there is no point in keeping me here. All I need is your consent. I have no fever, nor do any of the tests reveal any sickness. It would be much better and that I had developed a fever. But I had to endure still another hormone injection that day. As a result, both sides of my behind swelled up, making it impossible to sit in a chair or on the tatami mats or even to lie comfortably.

After these injections I tired quickly of my life in the hospital. I waited expectantly for permission from my father to leave the hospital, but his only message was an admonition to "relax and get as much rest as possible." The doctors said that I was well enough to take a hot bath, so when my brother and sister came with boxed lunches we went together to the public baths in Hakozaki. Even this did not induce a fever.

Day after day, and day in and day out, I waited for my father's permission to leave the hospital once and for all.

At dawn one morning a nurse brought a rubber tube that I was supposed to put in my mouth and swallow, but even after an hour I could not get it down. It seemed that they wanted to examine my stomach fluid using a small round object made out of lead and attached to the tip of the tube. "I don't have a stomach problem anyway," I said to myself, staring at the little piece of lead.

The nurse tried to help me swallow the tube, but I gagged on it and almost threw up and she had to pull it out from half way down my esophagus. We kept trying for two or three hours but still I could not keep the tube and its little lead attachment down. Finally I threw the tube away and lay down to sleep, but the unpleasant feeling in my chest persisted all day.

All at once I came to detest the room and the hospital life that I had loved before. Day after day I wrote letters to my father in Nagasaki imploring him to let me leave the hospital, but none of these

gained weight. Even Dr. Sawada commented on it. Since I had always been called skinny, it filled me with joy when the people who visited me in the hospital said, "How fat you've become!"

I doubt that anyone has ever enjoyed a hospital stay as much as I did.

However, there was an issue that bothered me. That was the rumor that atomic bomb patients needed to receive liver hormones and that, although small in volume, this involved an extremely painful injection in the behind. It seemed that patients were receiving the injections at various doses to test for the optimal volume. No matter how complete my improvement seemed, therefore, I was at risk of receiving this dreaded injection.

It was not much of a worry. But the day came for me to receive the injection. It was to be conducted in my room, even though by that time I had already received permission to leave the hospital.

I was in the middle of dinner with my aunt that day, sitting on my bed with the late afternoon sunlight pouring in from the window, when a nurse came and announced that I was to receive the injection. When I asked, shocked, what kind of injection I had to receive at this late date, she informed me that it was the rumored liver hormone injection. I had no choice but to lie face down on the bed. How it hurt!

I gripped the bedrail with all my might and clenched my teeth.

"I know it hurts," said the nurse. "But it is no more painful than a saline injection. Hold on a little bit longer." The nurse's voice disappeared into the pain of the injection.

The next morning I found that the point of injection had swollen before. As it turned out, though, the big needle was the one used to draw blood from Teizo-san's arm and that a much more slender one was to be inserted in my arm. I would later consider how painful it must have been for Teizo-san to be pierced with that huge needle, but at the time the thought did not even occur to me. My father and aunt stood to the left of my bed; Dr. Hayashi and Ms. Ishida were on the right. I grasped my father's hand and turned in his direction, closing my eyes. I heard a faint sound and felt the prick of the needle in my arm, but otherwise the procedure was painless. I opened my eyes.

"Does it hurt a little?" my father asked.

"No, not at all," I answered.

The transfusion took quite a long time. That evening, with the blood now circulating inside me, I felt flushed and unsteady as though intoxicated with alcohol. My temperature had risen to 38°C.

My happy life in the hospital continued. With each measurement, my white blood cell count increased and the red and blue lines on my chart went lower and lower. Thinking that I should try to get as much nutrition as possible while hospitalized, I ate everyday until I could no longer get any food into my stomach. Sushi, flavored rice, rice with chestnuts, rice with red beans, fried rice, sweet soup, tempura, steamed bread with Yukijirushi butter, tekka-miso, sukiyaki, sashimi, fried eel, chicken shish kabob, pancakes, eggs, canned yellowtail, steamed sweet potatoes, German canned salmon streaked with fat, milk, persimmons… I ate anything and everything made available to me.

"Four cups of sweet soup!" cried the nurse who came to check on my diet everyday, licking her lips. "How I envy you!" Her reaction made me feel ashamed of myself. As a result of all this food, I steadily

Sawada Medical Clinic at Kyushu University for treatment.

I was fortunate enough to have a private room, a bright space with walls on two sides and a window and a door on the corridor. I liked the room. It was located at the end of the ward and so saw little traffic in people, and I was able to go out and walk in the corridors when I liked. Looking from the windows along the corridor, I could see the large white torii gate of Hakozaki Hachimangu Shrine to the right and, beyond the pine grove stretching away from it, the gentle waves of the ocean glistening in the distance.

I found myself under the care of a physician named Dr. Hayashi, who had a wonderful sense of humor, and Ms. Ishida, Ms. Taguchi and several other kind nurses. Also, my aunt brought delicious cuisine for me to eat every day during my hospitalization. I forgot my blood count and enjoyed my life in the hospital, sitting quietly in the room and looking out the windows at the ocean.

It was also in this room that I received a transfusion of precious blood from Mr. Sakai Teizo, thus becoming indebted to him for my life. I was overjoyed to have a visit from my father, who had come to Fukuoka on business and brought Teizo-san with him. But I was stunned to hear, in the middle of our conversation, that I was to have a blood transfusion. The word "transfusion" was shocking because it seemed to indicate that my illness was as grave as before.

After a while, Teizo-san came back to my room with his mouth firmly shut and his left hand applied to his right arm. Dr. Hayashi walked behind him holding a large syringe full of dark blood, and Ms. Ishida followed wearing her white dress and shoes and nurse's cap. I gulped at the sight of the syringe. Then I gulped even harder when I saw the needle protruding from it, bigger than any I had ever seen

4. A New Life

After taking refuge with my relatives at their country home at Noma, Fukuoka Prefecture, the dizziness that had been bothering me so much in Nagasaki disappeared, and, perhaps because of the change of air, the color returned to my face. My relatives were delighted to see my improvement. Having heard that persimmon leaves, which are rich in vitamin C, are a good remedy for atomic bomb illness, they went to great trouble to make sure I ate as many of these as possible everyday. I ate the persimmon-leaf dumplings that my aunt made for me, and every morning I was the only one in the family to enjoy an egg with breakfast.

On September 15, I donned my prized pink-colored blouse with a pair of purple mompe trousers and went out happily with my aunt. The sky was a beautiful cloudless blue. I could hardly imagine that it was through this same sky that the B29 had carried the fearsome atomic bomb on its mission to Nagasaki. I felt a nameless joy well up in my chest as I walked with my aunt on our way to the university to have my blood tested again. I had no doubt that my white blood cell count had increased since the last measurement. How could it not have increased when I felt so much better?

But the test results betrayed my confidence. My white blood cell count had further decreased to 1,600. I did not say anything, but in my heart I felt that I was now on the verge of departing this world, leaving behind my kind father and beloved siblings. On September 20 I took a crowded train to Fukuoka with my aunt and entered the

run blood tests on September 7.

I almost collapsed with shock when I heard that my white blood cell count was only 1,850, indicating a life-threatening condition. I felt like I was losing sight of the red-strap clogs that I had worn for the first time that morning. My father, who had been happy with my apparent recovery, was also astounded. The next day I left Nagasaki with my aunt and uncle.

what this announcement might be. Then someone who had heard the broadcast came to my bedside and informed me that the Emperor had spoken directly over the radio. "There was so much static that it was hard to hear his words, but it seems that the war has been suspended for the time being."

Come to think of it, I had not heard the sound of a single airplane flying over Nagasaki that morning. But I refused to believe that a halt had been called to the war. I waited for my father, certain that he would know the truth, but he did not appear even long after his usual hour of return.

"It is probably true that the war has ended," said Ms. Hayashi. But I could not place any trust at all in this conjecture.

When I awoke the following morning I found that my father had already risen and dressed, and I immediately asked him about the announcement the previous day. My disbelief had, after all, been mistaken.

Japan had indeed lost the war. I was unbearably sorry and angry.

After that I received injections to bring my temperature down and my appetite gradually returned. On August 29, we were finally able to leave the house in Tagami and return to the official residence in Yaoya-machi, carrying our heavy luggage on our backs. The building was still in a state of terrible disarray, and I had to keep on my wooden clogs when I walked down the corridors inside.

On the morning of the following day, August 30, my aunt Chiyoko and uncle Yoshikazu came from Fukuoka to visit me. By that time, though, I was well enough to go and meet them at Nagasaki Station. Two days later, however, I began to experience a strange dizziness when I stood up. The doctor considered this odd and so decided to

to sleep." With that he gently rubbed the shoulders that had become stiff with long hours of factory work and then stressed constantly since the bombing. This felt wonderful. The pain of my wounds seemed to become less severe, and before I knew it I departed into the land of dreams.

When I awoke in the middle of the night, I found that my father was still at my side rubbing my shoulders, doing everything he could to relieve my pain, forgetting his weariness from a long day of work and even sacrificing his own precious minutes of sleep. I shed tears, not with pain this time but with a poignant sense of gratitude.

August 15. It was pitch dark outside. But the electricity had come back the day before, and now a light bulb shed a soft light on the eight-mat room where we slept inside a mosquito net.

We learned from the newspapers that the "new-type bomb" had been an atomic bomb and that it had unleashed enormous explosive power. From our dark bamboo thicket on the hillside, we could see the fires still smoldering in the ruins of the factories in the Urakami area and the countless funeral pyres burning in the wasteland.

My fever continued for three days unabated, and I stayed in bed thinking about the events of the day.

At about ten in the morning a neighbor had come by and said, "I was passing nearby and saw a soldier standing on a rock and claiming that Japan had announced its unconditional surrender. How could he say such a stupid thing?"

Then after a while Mr. Ariura from the government office came with a letter from my father to Ms. Hayashi. It seemed that he had sent instructions to listen to the radio because there was going to be an important announcement at twelve o'clock noon. I wondered

gone."

But then I changed my mind and made a pledge: "You can't die now. No matter how painful it is, you can't give up now. You have to try as heard as you can! Then you can serve the Emperor once again. That is your mission. Please look at me Mother. I am suffering now, but soon I will regain my vital strength and serve the Emperor. My life is not mine alone. I will conquer the enemy of illness and rebuild my healthy body!"

But despite this change of heart, the pain was still unbearable, and I could not summon up enough strength to take refuge in the air-raid shelter. With each passing minute the pain rose to new heights. I groaned and cried. The tears sprang from my eyes no matter how tightly I clenched my teeth or squeezed my fists.

"You've suffered only superficial wounds," said Ms. Hayashi. "You can't let yourself become so depressed. Pull yourself together. I think you are exaggerating a little."

But the pain was terribly real, and there was nothing I could do to drum up strength.

After a while the darkness of evening set in, and a candle was lit to illuminate the room. I continued to cry. My pillow and the blanket and the towels were all wet with tears. My father had still not returned. I cried and cried, waiting for him to come back.

He came home after dark, late as always, rushing up the mile of hillside worrying about how his daughter was faring. After dinner, which consisted of a few cold slices of boiled squash, he came back to my bedside and gently rubbed my shoulders and neck. He also helped me to the washroom.

"I'll massage your shoulders for you," he said. "So relax and try had not bothered me as long as I refrained from touching it, was throbbing with a terrible sharp pain. I could barely move, even to go to the toilet. The pain began to increase in severity. The muscles of my neck seemed to harden into knots, and trying to touch my neck or bend it when I got up caused an unbearable rush of pain. Dr. Makimoto came to see me just where I was lying.

After my father left to go down into the city, the pain became worse than ever and was aggravated by a strange feeling of chilliness. I asked for several blankets, but once these were over me I began to suffer from the heat. Ms. Hayashi, assuming that I had come down with a fever, brought a thermometer to take my temperature. It showed 38°C (100°F), considerably lower than my nearly 40°C temperature at the time of Dr. Makimoto's visit. But I still had no appetite whatever.

"Your lymph nodes are busy trying to heal the wound on your head," said Dr. Makimoto, reassuring me as he gave me an injection. "The fact that you are experiencing pain shows that you are recovering, so don't worry. All of the victims of the bombing have been suffering from a loss of appetite. It seems that the bomb generated poison gas."

But I was in such agony that the words barely registered in my ears. The throbbing pain became so unbearable that all I could do was lie silently and cry to myself. I felt as though I was wobbling between life and death, unable to discern the difference between the two.

"Enemy airplanes!" The cry aroused me from my stupor, but I could not find the strength to rise.

"Go ahead and die," I told myself. "Die and all your pain will be

3. A Battle with the Atom

< I hope you have been well. Today I will continue where I left off last time. >

The following day (August 11) I visited the Yojoen Hospital in Tagami to have Dr. Makimoto look at my wounds. Enemy aircraft were flying over the city frequently but the air-raid sirens were silent now, and we had to flee into a shelter every time. Rushing into an air-raid shelter was an ordeal even for healthy people, so for me it was many times more excruciating. My head hurt so much that I was unable to wear a protective hood, and my throbbing foot made it impossible to run. These injuries aside, I was burdened with a terrible feeling of nausea and malaise. I could barely pull myself up from my cold coverlet when we were forced again and again to flee to the shelter. Since I had eaten almost nothing for two days, I staggered along, drained of energy.

At noon that day, I was able to ingest a small rice ball and three large pickled plums. The latter were so delicious that I consumed three instead of the one given to me. Later, however, the aftertaste of the plums turned into an unbearable thirst, and I began to drink water. No matter how much I drank the thirst persisted. I drank so much that Ms. Hayashi scolded me, but even then I could not stop gulping the water down.

When I awoke the next day, the wound on my head, which before father's voice, my father's voice and no other.

Later in the day we went back to the official residence, and my father and I, Ms. Hayashi and her mother, and several other families heeded the advice of municipal officials and left to take refuge in the martial arts *dojo* in Tagami. The house in Tagami was surrounded by a bamboo thicket and the darkness of evening. Devoid of appetite, I slept soundly with my head on my father's knee while the others enjoyed a simple meal in the dark room.

< It has taken quite a lot of space, but this brings me to the end of my description of that day. Please take care of your health. Good bye for now. Masako. >

her into the house, which was still strewn with the remnants of broken windows. "Where's Father? Do you know where my father is?" I asked her, forgetting the pain in my injured foot.

"Don't worry, your father's fine," she answered. "He went to City Hall, but he'll be back shortly." Wiping away tears from her cheeks, she assisted me to the kitchen and laid out a cushion for me on the elevated entranceway. As soon as I sat down, the fatigue of the past hours seemed to suddenly descend on me, draining me and making me feel as though I were about to vomit.

Suppressing this sensation as best I could, I let Ms. Hayashi help me into a new set of clothing. She also applied disinfectant and iodine to my injuries, and wound a bandage around my foot. Perhaps because of the relaxing effect of this kind treatment, the scrapes on my hands and legs began to throb with pain. The injury to my head was the worst, but oddly enough it did not hurt at all.

Then I heard my father's voice outside.

He mumbled "I'm back" and came into the house, looking down gloomily as he walked. Then he raised his head and noticed me sitting there. I doubt that my father or I, ever again in our lives, would experience such a noble moment, such a poignant rush of emotion as we did at the time of that reunion.

"Father! Father!" The words leapt from my mouth.

"Oh, Masako!"

Before I could move, he ran down the corridor toward me.

"Father!" I cried out once more, forgetting everything, and ran to him and dove into his arms, pressing my face against his chest.

It was not a dream; it was actually happening.

We were not in the next world; we were in this world.

"Masako! Masako!" The voice trembling with emotion was my

myself as I walked. I trudged forward, leaning onto the cane for dear life as I made my way up the hillside in the direction of my house.

Smoke from the conflagration smudged the blue sky. A few remaining houses stood contorted at the roadside, their roof tiles stripped off and windows blown in by the blast. I wondered if I would find my house in a similar battered condition.

Katsuyama Primary School came into view. I was close. But like a person chased by a villain in a dream, I could not speed up my heavy exhausted legs no matter how hard I tried.

I returned to the official residence in Katsuyama-machi. When I realized that no one remained in the damaged building, I slumped with disappointment. But, summoning up my energy once again, I turned around and dragged myself to the official residence in Yaoya-machi.

I finally made it to the gate of my house. The gate. The gate! It was none other than the gate to my house. Something was written in chalk on the gate door. It was my father's handwriting: "Masako, I'm safe. When the fires die down, come to the ruins of the courthouse. August 10."

Just as I was reading this message I noticed Ms. Hayashi standing in the disheveled garden behind the gate. (Ms. Hayashi had come with us from Tokyo to serve as my sister's private tutor.)

"Sensei!"

"Oh, Masako-san!"

Our voices collided over the gate, and at the same moment I broke down and burst into tears. "It's alright to cry now, it's alright to cry now," I assured myself as I wept.

Ms. Hayashi and I embraced in the garden, and then I followed

Oh what a miserable scene!

The toppled remains of telephone poles and their shredded wires were becoming discernable in the ruins when the time came to part with my kind benefactor. We had arrived at the passage to Inasa Bridge. But he was not the sort of person who would simply say goodbye and turn away. Before we parted, he took the battered sandal – which I had already replaced several times along the way – and reinforced it with a piece of wire picked up from the debris. He also gave me another stronger cane to replace the one that I had been holding but which was now burnt black. And that was not all. He stopped people walking along the road and asked if they were going to Nagasaki Station. At first everyone responded with a shake of the head, but he finally found someone headed in the direction of Maruyama and asked that person to accompany me as far as the station.

After ardently thanking my benefactor, I set off once again in the direction of home, this time walking over the glass-strewn road in the company of the man headed to Maruyama. I was beset with an increasing fatigue. My feet became heavier with each step, and the pain in my right foot, which I had injured by stepping on some sharp object, was more severe than ever. But I bore the pain as best I could and kept walking.

After a while we came upon the Nagasaki Station building, which had been reduced by fire to a stark skeleton. Now I had to proceed alone. I bid farewell to my companion, who started off toward Maruyama while I slowly climbed the slope in front of the station with sparks and ashes still floating down from the sky. I would probably have collapsed and never reached home if I had not had the cane to support you lessen the weight on your feet. Under these circumstances you have no way to know how far you have to walk."

I felt no need for the cane, but I acquiesced to the man's kind words and used it to support myself as I walked.

Coming to the river at Ohashi, we found that the iron bridge had collapsed into the water and that we could not proceed along the railroad tracks. We had no choice but to pass over the smoldering ruins of houses and start walking on the main road, the same route that I had used everyday on my way back and forth to work. Now we began to encounter grim scenes of corpses burned black like charcoal and horses and other animals lying frothing at the mouth. Telephone poles, wires and other structures had vanished. The river was plugged with the corpses of people who had fled there for cover: women in kimono, men with gaiters still wrapped around their calves, and even horse carriages. I had to cover my eyes as we passed. Soon the road was so littered with blackened corpses that we encountered one at every step. I walked with my head down, averting my eyes as much out of revulsion as sorrow, but no matter how hard I tried to look away I saw the charred remains of mothers still holding their babies and people who had died clutching the ground in throes of pain. A feeling of sickness welled up in my chest. I trudged along looking down and biting my tongue, but the stench of death mingling with smoke stung my nose and the nausea gripped my throat more tightly than ever.

When the number of dead bodies began to decrease, I looked up only to find that we had reached the Urakami area. I was shocked to see flames still darting from the ruins of Urakami Cathedral. The number of corpses may have decreased, but now people who had suffered terrible burns were lying moaning on the roadsides.

"How can you cry when it could be so much worse?" I interrogated myself as I stumbled along, gritting my teeth to keep from bursting into tears.

"You're barefoot!" said the man, astonished to see my feet. "Wait, you can't keep walking like that." Looking around, he picked up a dirty sandal with a severed strap and made it wearable by passing the stem of a weed through the holes. I slipped this on and continued walking.

When we arrived at the train tracks I noticed that the ruined factories were still crackling with fire. All of the people following behind us, walking ahead and coming the other way were mottled with bloodstains and covered with filth. I was no exception. My hair was standing on end and powdered white with ashes, and my freshly washed white uniform and blouse and pale blue trousers with silver-colored buttons were of course blackened with dirt and stained with the dried blood from the wounds on my arms and legs and everywhere else.

As we walked we heard the drone of an enemy airplane twice. The first time we hid our miserable forms under the branches of a tree and the second time on a grassy incline. As we approached the arms factory, the number of corpses strewn by the railroad tracks and the number of naked, blistered workers began to increase. Some of them cried out for help. Others begged for water. The factory buildings were still burning wildly.

"You'll exhaust yourself, so you'd better use a cane to walk," said the man, picking up a stick and offering it to me.

"No thank you," I replied. "I can manage without a cane."

"No, you will definitely exhaust yourself. Lean on the cane so that

outside through the entrance of the shelter. The air was unpleasantly warm. A Korean man offered me some food. I had little desire to eat, but the man insisted, saying, "If you don't eat something now and regain your strength, you may not have another chance for a long time." I accepted the gift. Of course there was nothing to go with it. The crumbling rice was wrapped up in a shred of newspaper. There were not chopsticks, so I ate it right out of the newspaper.

After a while an official from the Nagasaki Prefecture Office came along, apparently an acquaintance of the Korean man. I sat idly nearby, listening to the conversation. The official turned toward me and began to inquire about the location of my house and about what I planned to do. "Your neighborhood escaped destruction," he said, "so you should forget about going to Isahaya and go home as quickly as possible to reassure your parents." Then he told me that he was going as far as Inasa Bridge and that he would accompany me there.

I vacillated at first but decided to go with the official. When I informed the official of my decision, he stood up and said, "Yes, that's the best thing to do. The prefecture office and courthouse burned to the ground, but your neighborhood is intact."

"The courthouse too?" I exclaimed, shocked to hear this news.

"Don't worry, everything will be alright. Can you walk?"

"Yes, I'm sure I'll be fine," I replied automatically, the man's gentle words making me forget my pain.

I began to walk, limping but energetic and steadfast in my purpose. It was impossible to walk all the way home through the ruins without footwear. But when I thought of my father, burdened with responsibility over the destruction of the courthouse and silently suppressing tears of worry over me, I was able to persevere as I trudged barefoot over the broken glass and debris.

comrades, but this sensation was very unpleasant. I tried to position myself so that I could avoid it, but the board was so narrow that half my body was on it and half hanging in the air. As the night grew late, the cold deepened increasingly. All I was wearing was a shirt, now hardened with dried blood, and a short-sleeve jacket. I tried to endure the cold but could not help but shiver. I whimpered "it's cold" over and over again, hoping that someone might hear me and put something over me. But no one did anything. I also looked at the entrance again and again to see if dawn had arrived, but the darkness seemed to drag on forever. In the middle of the night, Fukahori-san suddenly shouted, as though talking in his sleep, calling to someone (perhaps his brother): "Let's go. Come on, let's go together." It seemed as though he was on the verge of death. His voice gradually tapered, and his breaths became shorter.

I imagined my father's face. Then I remembered my deceased mother, and my older brother and sisters. I could almost hear the voices of my cousin Yasuko and my friend Osumi-san. But I must have exhausted my energy, because I eventually fell soundly asleep.

A trembling of the earth woke me with a start in the darkness. The shout of a soldier echoed in my ears: "A bomb exploded on the other side of this mountain." Then the voice wafted away and soon I was asleep again.

"Miss, Miss, let's go to the hospital!" It was already light outside when Fukahori-san's voice aroused me from a dream. "Miss, we're going to Isahaya!"

"What? Yes, all right, let's go." I also stood up.

A soldier was standing beside Fukahori-san, helping him to cover his naked upper body with a paper sack used to hold cement. I went

The candle provided a faint but welcome light, but after a while an airplane passed and someone blew it out. Water was dripping from the roof of the tunnel near my head, making it unbearably cold. Fukahori-san was shivering, so the soldier took off his shirt and helped him into it. Now naked to the waist, the soldier started to sneeze and sniffle while Fukahori-san continued to shiver and complain of the cold. Then the soldier went outside and found a damp mat that he put over the boy, but again this did not provide any warmth. Finally he borrowed a thin cushion from the Koreans, put this on the board and had the boy lie on it. But despite all these gestures Fukahori-san shivered and cried.

It was perhaps ten o'clock at night when the soldier brought us some biscuits. I ate one of these, but, far from being tasty, it made me want to throw up. Fukahori-san was begging relentlessly for water. One of the Korean women gave him a drink from her small bottle. After this he fell asleep, but no more than five minutes later he was shouting for water again. The woman gave him water several times, but it was never enough to quench his thirst. Finally the woman became angry and said, "There's no more water! Someone will have to draw some from a well!"

"I'll go!" cried Fukahori-san. "But please just give me a drink now!"

"Just give me a drink… Just give me a drink… Just give me a drink…" Fukahori-san began to repeat these words as though not even knowing what he was saying, and after a while his voice became faint and hoarse. The Korean woman was silent now.

Since we were lying on such narrow boards, I could feel Fukahori-san's burned flesh touching me several times. We may have been

2. Masako Does Not Give Up

The area was now steeped in darkness. Fires flickered in the ruins, casting a frightening red light. A small number of soldiers and policemen began to carry injured people onto the train at Ohashi. The afflicted were lying on the ground nearby, crying and shouting, waiting to be helped onto the train. By now I had forgotten all feelings of shock, pity or compassion. After a while the train jerked into motion in the darkeness and left the ruined city for Michino'o. When we reached Michino'o, the soldier said, "There's no point in going to Isahaya because they can't do anything for you. Let's go to the tunnel shelter and rest there."

We followed the soldier's recommendation and disembarked at Michino'o, then started slowly walking. The bottom of my right foot was throbbing with pain. I trudged along with the help of the soldier, dragging my aching foot. Fukahori-san began to groan miserably and to beg for water. The soldier gave him a drink of water. The woman with us also took a drink from the soldier's canteen, but I preferred to suppress my thirst. As before, people were lying on the grass at the roadsides, dampened by the nocturnal dew.

Finally we arrived at the tunnel shelter and crawled inside. Five or six Koreans were sitting around a slender candle. The soldier laid three boards on the trolley rails in the interior, and the three of us lay down, me closest to the entrance, Fukahori-san in the middle and the woman farthest from the entrance.

Fukahori-san and two of the Koreans were groaning with pain.

and asked, "You live in the District Court residence in Katsuyama, am I right?"

“Can you stand up? Can you walk?” asked Taira-san.

I pulled myself to my feet, fighting dizziness, and fell in behind the woman to whom Taira-san had been attending before. I had nothing to wear on my feet. At normal times I would have been afraid to walk on a glass-strewn road even with shoes on, but now I had no choice but to trudge along barefoot. I had apparently already stepped on something sharp; a stinging pain was stabbing my right foot. On the way to Michino'o Station we were startled by the roar of another airplane and hastily took cover in the shade of a large tree.

When we finally reached Michino'o Station we found a small boy sitting on a pile of rails on the platform, naked and shivering, with burns all over his body. Taira-san helped the boy as well.

“What are we going to do now?” I asked Taira-san.

“A relief train will be coming from Isahaya to pick up injured people,” he answered. “We'll take it to Ohashi and stay on it when it turns back to go to Isahaya.”

A train soon arrived, as he had predicted. All of the injured people boarded the train. The boy, whose name was Fukahori, said he lived in the Akunoura neighborhood.

The people on the train were vomiting again and again, making the same anguished sound and throwing up a watery substance. I also felt nauseous as the train pulled out of Michino'o Station, and the contents of my stomach began to churn up into my throat. I thrust my head out the window intending to throw up, but nothing happened. As we approached Ohashi I could see buildings burning and belching smoke, not just my factory but every building visible on the hillsides and in the city in the distance. At Ohashi, Taira-san stopped a soldier told him to look after us. “I'll find your family and tell them that you are safe,” he said in parting. Then he looked at me to have disinfectant and mercurochrome applied to my wound, but soon the supply of medicine ran out and the injured people were unable to receive any treatment at all. I heaved a sigh of relief and whispered "I'm saved" to myself. Truly, truly, my dead mother had protected me.

Soon another air-raid alarm was sounded. Again we took shelter in the shade of a tree. My head was beginning to throb with pain. Someone told me that the sunlight was bad for our wounds, so we found another place to rest on the road. Enemy aircraft passed overhead several times, and each time I recalled the pain and horror of the past hours.

The sun was gradually setting. I felt ever more depressed and isolated. A man named Taira-san sat beside us, gently cooling us with a fan inscribed with the characters meaning "kamikaze" (divine wind).

"It's about three-thirty," he said.

I had no idea when or where I would be able to reunite with my father, and I became more and more deeply depressed and confused. After a while, though, I heard that the Katsuyama-machi area had escaped destruction. "Don't worry," said Taira-san, so kindly that he could have been my older brother. "Your mother and father are probably safe. You mustn't worry. Try not to fall asleep. Your injury is not that bad. Don't worry."

"My mother is dead," I said.

"Oh I see," said Taira-san, in a softer voice. "Your father must be very worried about you. Well, I'll make certain to inform him that you are alive and well."

Dusk was beginning to fall when someone said, "We may never receive treatment if we wait in this forlorn place. Let's go to the naval hospital in Isahaya."

walked beside the ruins of the factories in the direction of Michino'o. The buildings were in a state of devastation, and fires were making a popping sound. The site had changed so completely that it was impossible to tell either where we had been or how we had escaped.

"There's nothing left of the arms factory." No sooner had I heard a man say this than something exploded with a loud "boom" inside the ruins.

"The enemy may have dropped time bombs," cried the man. "You'd better get away from here as quickly as you can!" We began running as fast as we could. After a while, another loud "boom" sounded in the ruins.

My legs were starting to tire. Walking quickly but silently, we arrived at the tunnel factory in Michino'o, only to find people fleeing from it in large numbers. It seemed that a rumor had gone around that an air raid was imminent, and everyone had apparently decided to flee to the mountainside. We had little choice but to run with them. It was hard to breathe. My feet were as heavy as stones. My weariness grew, my chest became choked with pain, and my vision became foggy. Ota-san was running well ahead of me. The man who had advised us was nowhere to be seen.

Someone cried "enemy aircraft!" again. We dashed into a nearby tunnel shelter. The person sitting next to me said, "You should go to the relief station across the way. You need first aid." So after the enemy airplanes had passed, I left by myself on foot.

At the relief station, people with light injuries were lying on mats spread out on the grass, while the more severely injured were lying immobile on the side near the conflagration. Everyone was moaning and crying. I found an empty mat and lay down.

Oh, how merciful the deities were to me! I was fortunate enough away. I climbed up onto the riverbank, hobbling with only one clog, only to find that Ota-san had also lost her clogs in the river.

The ground was strewn with broken glass and other debris, making it impossible to walk. We looked around for something to put on our feet. After a while, we came upon some burlap bags and tied them to our legs, but they kept coming off and so we finally abandoned them and continued barefoot.

The rice paddies, fields and roads were all teeming with people who had suffered severe injuries and burns all over their bodies. Some were gasping on the brink of death; many had already died. Others were frothing at the mouth, begging passersby for water. Only people with light injuries were able to walk. We were standing at the railroad tracks, unsure about what to do next, when a man spoke in our direction: "Arms factory?"

"Yes, we work at the arms factory."

"Where are you going?"

"We don't know."

"You'd better go in the direction of Michino'o. The tunnel factory at Michino'o wasn't damaged. I hear that a relief station has been established there. Can you walk?"

We thanked the man and started walking in the direction of Michino'o to the north, but he stopped us, saying that we would never make it without footwear. I accepted one of the man's clogs with thanks and turned around again to continue walking.

The huge gas tank that had been standing nearby had been crushed by the blast. I guessed that the American forces had dropped a bomb on the gas tank and utilized the resulting explosion to destroy the factories nearby. How clever the Americans are, I thought as I

I noticed that now only Ota-san and I remained together. The lush green rice paddies of before were scorched black, and the smell of blood mingled with other unpleasant odors in the air. Fires were raging and smoke churning up ferociously from the hillsides, fields, and of course the rows of factories. We took a brief rest on the wet ground of a rice paddy. I heaved a deep sigh and took my hand away from my neck. The bleeding had stopped, but my elbows and legs were burning with pain.

"Are you all right Ishida-san?" asked my companion. "Don't give up. We made it this far. We will make it to safety, don't worry. I hid under the vice in the factory and so luckily escaped injury."

"Yes, we were lucky," I answered. "But it still all seems like a dream. I cannot understand what happened."

This was all we had time to say. We had to flee at once.

We continued to run, following the procession of other people taking flight, struggling to escape the raging fires.

"The Ohashi area has also been destroyed," I heard someone shout. "It looks like a lot of bombs fell in the city as well." Everyone still assumed that the calamity was due to a large-scale conventional air raid.

"Let's flee in this direction!"

We were in a state of great mental confusion. All of the buildings in the area had been demolished and were now enveloped in flames, making it impossible to distinguish north from south and east from west.

At one point we waded into the water of a river, and before we reached the other shore, one of my wooden clogs came off and floated hillside.

"Everyone come on! This is the way out!" shouted Ota-san, who had been leading our procession. I followed in a daze. We found the open area where the factory workers joined in a work commencement ceremony every morning, but black smoke was still churning up to the sky and bright red fires were raging on all sides.

"What shall we do? Where can we go?"

We were running around in circles, gazing up into the smoke-filled sky, when a man shouted, "Flee that way! Toward the teachers' college! If you don't go quickly you will die in the fires! There are already hundreds of people trapped in the ruins! Get going!"

We started running, but some people with heavy injuries could not walk. My injury was light and I was able to run, but some unfortunate women workers did not have the strength even to walk.

"I'm not going to make it anyway," one woman cried with anguish. "Forget about me and save yourself." But it was not easy for anyone to go ahead.

I soon came to a fork in the path and walked down the path to the right with Ota-san. Fires were burning on both sides, making it unbearably hot to pass.

"Oh, this is the way out! It's the front gate!" I cried instinctively.

Part of the stone pillar on the right was all that remained of the gate. Nearby, a horse was kicking and shrieking wildly, probably astonished at the sudden change in the environment. The flames had reached to within about a meter of the horse, like a wall blocking our way. I had no time to worry about whether or not the horse would be able to escape; I dashed through the portal of terror with all my might.

of black curtain to bandage a face injury suffered by a student from Keiho Girls High School.

"I'm injured too!" By the time I said these words, fires were breaking out nearby.

"Fire! Women flee at once!"

"Press this on your wound!"

"Stay alert!"

I followed the man's orders, pressing the cloth against the wound on my neck (at the time I assumed that the blood was flowing from my neck), then fled from the ruins of the factory. Loud shouts and sobs echoed amid the clouds of dust covering everything. I fell in with three Keiho Girls High School students and three or four women factory workers including Ota-san.

Fires were already raging around us on all sides, making it impossible to tell one direction from another. It was dangerous to stay in the vicinity of collapsing buildings – and we needed to flee to some wide-open spot as quickly as we could – but our progress was very slow. Thin boards and other debris broke under our feet, and we stumbled and fell time and time again.

It was horrifying, like a scene of the tortures of hell. Cries and shouts mingled with sobbing voices, and the conflagration roared all around as though oil had caught fire. We just fled as quickly as we could, forgetting the difference between life and death.

"Excuse me sir, how can we flee from here?" I asked a man we met.

"O.K., head straight down the valley from here," he said. "Which is your factory?"

"The No.1 Finishing Plant," I answered.

"O.K., get away as quickly as you can."

Following the man's instructions, we took a straight path down the

Justice. He was transferred to Hiroshima last year, but the order was suddenly cancelled and instead he went to the district court in Kasuga-cho. Soon after that, the Ministry of Justice was destroyed in an air raid. Then, just after he came to Nagasaki, the district court building burned to the ground during an air raid as well. One evening we were talking over dinner, commenting that neither Hiroshima nor Nagasaki had been affected as yet by air raids and wondering which was safer. And then the new-type bomb was dropped on Hiroshima. See how lucky my father is?" Such was the topic of conversation with my friends as we walked back into the factory and resumed work at our respective stations.

After finishing the task at hand, I stood up and absentmindedly looked at my watch, feeling the first pangs of hunger before lunch. It was going on eleven o'clock.

A few minutes later the atomic bomb exploded over Nagasaki, generating a bright flash that showered everything in a hot pinkish light. I instinctively covered my eyes. Before the blast wind came down upon us a second later, I assumed that one of the torpedoes being built in the factory had exploded. No one could have imagined this to be an atomic bomb. Oh, how terrible it was! I cannot clearly remember the scenes of that moment. I was completely dumbfounded. All I remember is being slapped onto the floor by the blast and feeling something like soil or sand raining down and piling heavily on my legs.

When I regained my senses and lifted my face, I saw our group leader lying on the floor through the veil of dust, with blood pouring from his nose. The raw smell of blood hung in the air. I also noticed that blood was dripping from my neck, like ink spilling from an overturned inkwell. Across the way, a factory worker was using a strip

1. The Day of Destiny

< Hello Joichi. Thank you for your letter and copies of the newspaper. I am writing this from my bed on the third floor of the Sawada Medical Clinic at Kyushu University Hospital. I was supposed to be admitted sooner, but I had to wait until September 20 because of rooms and other problems. Now I will try to write as precisely as I can about the day of the atomic bombing and all the things that happened. >

I woke up quite early that morning. As I did every other day, I put on a white chemise, short-sleeve shirt, and a pair of baggy *monpe* trousers made from the same fabric as my father's pajamas. My father, who was also up early, wrapped the handkerchief that I wanted to give to Morita Eiko, one of my fellow workers at the factory. I left the house in high spirits with the present in hand – but without even an inkling of the terrible event approaching second by second.

After I arrived at the Mitsubishi Arms Factory, an air-raid alert was sounded, but this had become such a common occurrence that I felt no surprise. The alert was soon upgraded to an air-raid alarm, and we took refuge in a shelter on the mountainside. But nothing happened and the alarm was lifted, so we filed out of the air-raid shelter and headed back to the factory, discussing the "new-type bomb" that had exploded over Hiroshima three days earlier.

"My father is lucky," I told my friends as we walked. "He was working as chief of the accounting department in the Ministry of

Preface by Ishida Joichi, Masako's older brother

Shortly after 11:00 a.m., August 9, 1945, an atomic bomb exploded over Nagasaki and instantly reduced the city to ashes. What a calamity! People perished, horses burned to cinders, screams and crying voices echoed endlessly, and the hypocenter area turned into a living hell on earth. Deadly radiation killed unknowing citizens one after another, and secondary fires caused conflagrations that rampaged through half-broken neighborhoods. Factories collapsed and most of the mobilized students working there died instantly of burns and injuries. How incredible that Ishida Masako emerged alive! Her account of survival during the first 24 hours and subsequent rehabilitation is a story of great tragedy and bravery. She suffered from a fever of 40℃, turned ghastly pale for lack of white blood cells, and only barely managed to come back from the brink of death. But she did not give up; on the contrary she scored a victory over the atomic bomb. What a miracle! Now she has left the hospital, and her memoir penned during convalescence has arrived for publication at the "Ishida Newspaper." I have decided to print it word for word, this invaluable personal account of survival from the carnage and desperation of the atomic bombing.

MASAKO DOES NOT GIVE UP

The "Ishida Newspaper" Version

By Ishida Masako

Translated into English by Brian Burke-Gaffney.

あとがき

二〇〇五年九月、米国メリーランド大学プランゲ文庫に連合国軍最高司令官総司令部（GHQ／SCAP）検閲に付された『雅子斃れず』原典を確認した。この検閲原典のページをめくり、装訂過程を類推し、この時期の困難な諸条件をおもんぱかるほどに、製作に関わる苦労が伝わってくるようであった。その後、このような思いを判然とさせる作業を小文にまとめたりしていた。二〇〇九年の夏、長崎県立図書館郷土課所蔵『雅子斃れず』を手にし、柳川雅子、との寄贈者名に何気なく目がとまった。ふと、柳川雅子は石田雅子、と思ったのである。この瞬間、一本のまっすぐな道が見つかったように感じた。最初の手掛かりは、これだけであった。このことから始めて、この年の末、東京でお会いする機会を与えていただくところまでたどりついた。本書の発端は、このことに始まる。

本書は、この企画の最初から最後まで、また編集の隅から隅まで、ゆたかはじめ（本名石田穣一）、柳川雅子（旧姓石田）、石田道雄、このお三方の支援を得た。そして、温かく見守っていただいた。

本書製作の道々で、言葉に尽くせないほどのありがたさを感じ、この仕事を全うすることができた。このことは、本書の他の執筆者も同様の思いである。

書名は、ゆたかはじめの案出によるものである。六五年前、「石田新聞」連載時の題名『雅子斃れず』も、また、そうであった。そこに、私案の副題を添えることを許していただいた。

国立長崎追悼平和祈念館森田隆に『雅子斃れず』（東京版）英訳文の提供を受けた。この翻訳者である長崎総合科学大学環境・建築学部教授ブライアン・バークガフニに「石田新聞」版に基づき、英訳文の再訳をお願いした。

医学的な専門知識は、哲翁裕邦医師のご教示を得た。本書の製作に際し、時事通信出版局谷津卓男と、荻野昌史の両氏に多大の負担をおかけした。

この一四歳の少女の手記が、一人の被爆体験記としてあることにとどまるのではなく、広く、そして長く、さらには世界中の方々に読み継がれる作品となることを願う。稲尾一彦と返田雅之と横手一彦及び製作者は、このことのために、心を一つにした。

二〇一〇年六月

横手　一彦

【執筆者紹介】

稲尾　一彦（いなお　かずひこ）

1965年長崎市生まれ。北九州大学文学部国文学科卒業。長崎大学大学院教育学研究科教科実践専攻修士課程修了。現在は、長崎県立長崎南高等学校教諭。

返田　雅之（そりた　まさゆき）

1983年山梨県生まれ。慶應義塾大学経済学部卒業。時事通信社に入社し、経済部に配属。2008年から長崎支局勤務。

ブライアン・バークガフニ（Brian Burke-Gaffney）

1950年カナダ・ウイニペグ市生まれ。長崎総合科学大学環境・建築学部教授。歴史社会学専攻。『花と霜——グラバー家の人々』（長崎文献社、1989年）、翻訳に荒木正人監修『長崎被爆記録写真集』（長崎国際文化会館、1996年）など。

横手　一彦（よこて　かずひこ）

1959年青森県生まれ。長崎総合科学大学教授、同大学付属長崎平和文化研究所長。日本近代文学専攻。『敗戦期文学試論』（ＥＤＩ、2004年、絶版）、編著『被占領下の国語教育と文学』（メリーランド大学図書館ゴードン W.プランゲ文庫、2009年）など。

長崎《ながさき》・そのときの被爆少女《ひばくしょうじょ》 ～六五年《ろくじゅうごねん》目《め》の『雅子《まさこ》斃《たお》れず』～

2010年8月15日　初版発行

編著者　横手　一彦
発行者　長　茂
発行所　株式会社時事通信出版局
発　売　株式会社時事通信社
〒104-8178　東京都中央区銀座5-15-8
電話03（3501）9855　http://book.jiji.com
印刷所　図書印刷株式会社

ISBN978-4-7887-1070-2　C0095　Printed in Japan
落丁･乱丁はお取り替えいたします。定価はカバーに表示してあります。